Rouge Pourpre

Rouge Pourpre

Daniela Sánchez Montalvo

© 2020 Sánchez Montalvo, Daniela

Couverture : Mauricio Cejín & Cover'graph

Maquette : Carole Laborde-Sylvain

Édition : BoD - Books on Demand, 12/14 rond-point des Champs-Élysées, 75 008 Paris
Imprimé par BoD - Books on Demand, Norderstedt, Allemagne.

Dépôt légal : mars 2021.
ISBN : 9782322260560

Tous droits réservés, y compris le droit de reproduction de tout ou partie de l'ouvrage, sous quelques formes que ce soit (l'art. L. 122-4 du Code de la propriété intellectuelle).

Toute représentation ou reproduction, par quelques procédés que ce soit, constituerait une contrefaçon sanctionnée par les articles 425 et suivants du Code Pénal.

Cette œuvre est un ouvrage de fiction. Les noms, les personnages et les événements sont le produit de l'imagination de l'auteur ou utilisés de façon fictive. Toute ressemblance avec des faits réels, des personnages existants ou ayant existé serait purement fortuite.

Je dédie ce livre avec amour et affection à la Communauté italienne, avec une pensée toute particulière pour mes nombreux amis et amies italiens.

I

– Ma tante, tu es vraiment décidée ?

– Et pourquoi est-ce que je ne le serais pas ? Je sais ! Je sais ! La famille, la seule, l'unique. C'est bien cela, n'est-ce pas ?

– L'unique, mais oui. Et tu veux la quitter ?

Ma tante, maman et moi, nous sommes restées très unies depuis la mort de papa. Mais tantine, elle, elle est plutôt du genre cabochard. Alors, son cabinet d'avocats considéré comme l'un des meilleurs de Bruxelles et pour lequel, elle s'est battue toute sa vie et bien, au revoir. Passé par pertes et profits. Et sans remords en plus.

– Et alors ? Place aux jeunes, non ? Ne fais pas l'étonnée, j'ai toujours dit qu'à 60 ans, je fermerais boutique et que je m'en irais.

– Vous voyez qu'elle est cabocharde, hein.

– Pas du tout. J'ai atteint mes limites dans cette profession, j'ai besoin de prendre mes propres besoins en considération. Enfin bon, je résume d'une manière simpliste les sentiments qui m'habitent. En réalité, c'est plus compliqué que cela, j'ai envie de relever d'autres défis. À 60 ans, je ne suis pas encore gâteuse, tout de même !

– D'autres défis ? Mais quoi ? Quoi encore que tu n'aies déjà fait ?

– En voilà une réflexion ! J'ai envie de m'adonner à d'autres activités qui me tiennent également à cœur. Tu sais la justice plus humaine et égale pour tous, et tous égaux devant la justice, pour moi ça n'a jamais été un slogan, je m'y suis consacrée corps et âme.

Il est clair que ces objectifs sont loin d'être atteints. Je me demande d'ailleurs s'il est possible sur terre de croire à l'égalité totale de tous les hommes. Utopie ou réalité, je t'avoue que je n'ai jamais pu répondre à une telle question. À défaut de réponse, je me suis contentée de participer, c'est-à-dire de poser des actes conformes à mes valeurs dans ma vie professionnelle, aussi bien que dans ma vie personnelle. N'est-ce pas le plus important, même si le plan global nous échappe ? Tu vois ce que je veux dire ?

– Oui, hum, je pense que oui, je vois ce que tu veux dire.

– Ne crois pas que je veuille quitter le bateau au moment où il prend l'eau, ce n'est pas mon style. Ce combat a été le mien depuis plus de trente-cinq ans, il reste encore beaucoup de choses à changer, mais le moment est venu de m'éclipser et de réaliser mes projets personnels. J'ai besoin de soleil aussi, on n'est pas gâté ici en Belgique.

Catherine me regarda fixement. Égarée par la tristesse, de grosses larmes coulaient en silence le long de son visage. Elle retint ses sanglots. Elle se rappelait la mort de son père décédé lors d'un accident de voiture un matin d'avril, alors qu'elle n'avait que 17 ans. Elle était en train de revivre une seconde fois comme un abandon, le départ d'un être cher. Cette disparition brutale avait provoqué un déchirement dans la vie d'une jeune fille de son âge. Elle n'avait pu l'oublier jusqu'à ce jour, malgré les cinq années qui la séparaient de cette tragédie.

– Je séjournerai dans ma maison du Latium, à l'ombre de la ville éternelle. Rassure-toi, je compte rentrer de temps en temps. J'espère que tu viendras souvent me rendre visite, Rome n'est qu'à 1 800 km de Bruxelles.

Rome. Quatre lettres, un monde d'émotions et d'impatience. J'ai hâte de retrouver mes brebis, mes oies, mes lapins et surtout mes chats, Castor et Pollux ainsi que Tibère, mon fidèle labrador. Je ne m'inquiète pas pour eux, je sais qu'ils sont bien soignés par Maria et Angelo, mes voisins qui exploitent en mon absence mes 50 ares de terrain, et s'occupent de nourrir mes animaux.

Je ne peux m'empêcher d'avoir un pincement au cœur pour ces petites bêtes qui me tiennent compagnie depuis tant d'années. Ils m'ont si souvent réconfortée lorsque je me sentais triste. Les chats représentent pour moi, la quintessence de la gent animale. Chose étonnante, ils comprennent le français et l'italien. Et, bien que Castor et Pollux soient deux mâles italiens et Tibère, un labrador belge, l'entente est plutôt cordiale à condition que chacun reste sur son territoire.

Angelo qui ne manque pas d'humour a posé à l'entrée de ma propriété une plaque au texte un peu prétentieux, me semble-t-il, qui rappelle les magnifiques demeures patriciennes de Pompéi, « CAVE CANEM »[1] . Prétentieux peut-être, mais elle a réussi jusqu'ici, à éloigner les rôdeurs. « Chien méchant », mon pauvre Tibère, lui qui se

---
[1] "Prends garde au chien" en latin.

laisse si facilement dominer par les deux fauves, par Castor surtout.

Castor est un superbe mâle castré, au poil noir ras et brillant. Né sous le signe du Lion, son orgueil est démesuré, et sa jalousie sans égale. Lorsque j'entre dans la maison, il me suit pas à pas, prêt à saisir l'occasion de s'installer sur mes genoux. Il s'assied sur son arrière-train et se blottit dans mes bras en miaulant doucement. Ses petits yeux entrouverts me regardent avec une telle douceur, qu'il réussit chaque fois à me faire craquer.

Pollux est un angora croisé, castré lui aussi, au poil noir et long, doux comme de la soie. Il passe des heures interminables à se lécher. Il fait preuve en toutes circonstances d'une tendresse incomparable, au point que je lui ai donné le surnom de « Câlin ». Si Pollux s'aventure à tourner autour de mon fauteuil, je ne manque pas de m'en rendre compte même si je me suis assoupie durant quelques instants. J'entends un chu, chu, tel un tigre prêt à bondir sur sa proie; Castor décidé à rappeler qu'il est le chef, chuinte férocement les yeux gorgés de sang. Sans pour autant désarmer, et en fin diplomate, Pollux s'éloigne adroitement sur le divan à une distance raisonnable, et attend sans impatience que la tempête se calme. Peine perdue, malgré les moments agréables passés ensemble occupés à se lécher, dormir, manger et jouer, Castor ne veut pas capituler sur ce point. À cet instant, il ne connaît plus personne. Poussé par son instinct de possession, il m'accapare et veut me garder pour lui tout seul. Il persiste, chu, chu et finit par s'enfuir ne pouvant plus supporter cette intrusion dans son domaine réservé.

Son attitude m'agace; une vraie sauvageonne comme moi, qui n'a jamais accepté d'appartenir à qui que ce soit, j'ai l'impression en prenant de l'âge, d'être la propriété d'un félin possessif. Serais-je devenue gâteuse, moi ? Non ! J'ai seulement besoin d'une présence et de tendresse. Ces petits animaux sont toujours à ma disposition au moment où j'en ai envie, ce que je n'aurais pu exiger d'un amoureux.

Je ne me plains pas. Si je vis seule, je l'ai choisie cette foutue solitude. Si je n'avais pas été aussi exigeante avec tous mes prétendants, j'en aurais bien gardé l'un ou l'autre. Lequel, soupirai-je ? Le mouton à cinq pattes ou le zèbre sans rayures ?

Trêve de plaisanterie, ce diplomate américain rencontré dans l'express Paris-Amsterdam aurait pu me convenir. Hum, la classe... Et puis, non ! Il fumait trop et il était veuf. Je me suis toujours méfiée des veufs, non pas par superstition, mais plutôt pour la difficulté qu'il y a à prendre la place d'une épouse décédée. Elle a le privilège d'être idéalisée par son mari qui ne cesse de vous comparer à elle.

Je ne suis pas du genre femme au foyer idéale, j'aurais eu l'impression de courir derrière un train sans jamais réussir à le rattraper. J'aurais fini par oublier qui je suis vraiment. J'ai dit un non mitigé à Alan avant même qu'il n'ait eu le temps de me demander en mariage. Son immense culture, ses diplômes d'économie de l'Université de Harvard, ses propriétés en Virginie et son appartement de Neuilly, mes copines avaient beau en baver d'envie, rien de tout cela ne m'intéressait.

Mais qui d'autre alors aurait bien pu me satisfaire ? Peut-être José, ce torero espagnol rencontré sur le vol Madrid-Barcelone ? J'ai regretté durant des années de l'avoir envoyé sur les roses. Grossière erreur. Les prétendants qui ont une telle ouverture de cœur ne courent pas les rues, comparés à ces piailleurs patelins et futiles que l'on rencontre à chaque coin de rue.

Il fallait avoir un culot monstre pour lui faire croire que j'étais équatorienne. Au début, je voulais juste plaisanter, jouer à un jeu en quelque sorte. Le plus surprenant, c'est qu'il m'a crue, alors j'ai continué. Je n'ai jamais compris comment il ne se rendait pas compte que je me payais sa tête. Le fait de lui avouer mes origines latinos ne l'avait pas dissuadé de me faire la cour. Au contraire, il nous trouva un lien de parenté. Nous étions cousins, ce qui faciliterait les choses, pensait-il. Un type optimiste ou utopiste ? Peu importe, le temps d'un vol dans les nuages, il avait été frappé par le coup de foudre. Vraiment, certains hommes méritent d'être respectés parce qu'ils ne reculent devant rien.

Malheureusement pour lui, j'avais la tête trop dure. Nos amourettes furent de courte durée. Néanmoins, j'en ai souvent rêvé de ce beau Don Juan aventurier et fier. Il me raconta la guerre civile, la mort tragique de son père, son enfance en Andalousie, la pauvreté, le travail de jornalero[2] dans les champs de coton ou les oliveraies et la nuit venue, les provocations des taureaux sauvages au péril de sa vie durant lesquelles, les balles des gardiens des ganaderias[3] risquaient à tout moment de lui être fatales. Et enfin, la gloire le jour où il reçut sa consécration de matador sous les acclamations de la foule.

---

[2] Travailleur journalier.
[3] Élevage de taureaux pour la corrida.

Depuis lors, il vivait grisé, porté par l'admiration du public et l'existence de faste qui était la sienne. Une vie qu'il n'aurait pu imaginer sans son engagement dans la tauromachie. Un tel vécu de confrontation perpétuelle avec la mort ne pouvait qu'engendrer une personnalité aux multiples facettes, intéressante. Malgré cela, il avait gardé une certaine naïveté. Quelle candeur dans ses yeux noirs d'enfant mauresque.

Nous avions des points communs. Des hommes de ma famille s'étaient engagés aux côtés des républicains espagnols dans les Brigades internationales. Malgré notre complicité dans la douleur et notre espoir en un monde meilleur, nous n'avions pu, José et moi, approfondir cette relation comme nous l'aurions désiré.

– Ma tante. Tante Yvonne, réponds-moi s'il te plaît. À quoi penses-tu ?

– Catherine, quoi ? Mais continue, voyons.

– Continuer quoi, ma tante ? C'est toi qui parlais. Et puis soudain, tu t'es arrêtée au milieu d'une phrase, perdue dans tes pensées et tes yeux se sont fixés sur un point au loin, comme tu le fais parfois. Tu sembles regarder quelqu'un d'invisible.

– Ah bon ? Eh bien, je ne m'en rends pas compte.

– Mais si, ça t'arrive souvent. Si tu ne te sens pas bien, je t'accompagne jusque chez toi. Je téléphone à maman pour l'avertir que je serai en retard, qu'elle ne s'inquiète pas.

– Qui te dit que je ne vais pas bien ? Je me sens un peu fatiguée, mes journées sont très chargées en ce moment à cause des préparatifs du départ. Allons-y, j'ai envie d'aller me coucher. Demain à neuf heures, j'ai rendez-vous pour faire le point avec mon collaborateur, Roger Leroy, à qui je vais céder mon cabinet après mon départ. Quelle heure est-il ?

– Vingt-trois heures quinze.

– Déjà ? Comme le temps passe vite. Prends cet argent et règle l'addition. Dis à Maxime que mon steak était trop cuit, je le préfère à point. Il devrait le savoir pourtant ! Une vraie semelle de godasse. Ils appellent ça du bœuf belge ! Avec toutes leurs magouilles, la viande est devenue immangeable. Je finirai par devenir végétarienne d'autant plus qu'il paraît qu'elle rend agressif.

– Ha ha ha, mais d'où tu sors tout cela ?

– S'ils continuent avec toutes leurs saloperies, nous allons nous transformer en zombies désarticulés. Quelle misère !

Ah ma petite Catherine ! Je suis triste pour toi, déçue de l'héritage que ma génération vous transmet. Moi qui ai connu mai 1968, nous imaginions alors édifier une société nouvelle, plus juste, plus égalitaire. Résultat, que reste-t-il de nos utopies quand je vois les problèmes sociaux, économiques, la perte des valeurs, responsables en partie de la violence ? Que dire enfin de la détérioration de la planète ?

– Tu as raison, mais s'il fallait toujours ruminer sur tout ce qui ne tourne pas rond, ma tante, on ne vivrait plus. Je t'ai toujours connue comme ça, râleuse, révoltée, combative. Tu es marginale à ta manière. Cette fois, je te trouve bien amère.

– Pas du tout ! Tu oublies qui je suis, je ne changerai jamais sur ce point. Et si tout le monde gardait comme moi un œil critique, au lieu de se laisser bercer par l'illusion que procurent la désinformation, le confort, les achats à crédit, notre société tournerait mieux. Nous serions plus responsables de nos vies et moins dépendants de l'État. J'ai horreur que ces messieurs dames prennent des décisions qui ont un impact sur ma vie sans me consulter.

– Qu'est-ce que tu veux que les gens comme nous fassent pour remédier à cette situation catastrophique ? La plupart ne s'en rendent même pas compte, ils vivent dans un monde d'illusions.

Et puis, même s'ils en étaient conscients, comment pourraient-ils chercher des solutions à des problèmes aussi complexes qui les dépassent ?

– Je ne crois pas un seul instant à la démocratie ni à l'égalité. Nous ne naissons déjà pas égaux. Tout de même, lorsqu'il s'agit de justice, on s'attendrait à mieux. Aujourd'hui, ce sont les criminels qui bénéficient de la mansuétude des juges, et les victimes qui sont méprisées. On leur reprocherait presque de s'être trouvées au mauvais endroit au mauvais moment !

Tu crois probablement comme la majorité des gens à la séparation des pouvoirs, à la sacro-sainte justice libre de tout attachement politique ? Les magistrats sont nommés par les politiques, comment veux-tu qu'ils soient indépendants ? À part quelques exceptions, ils ne sont que des vassaux soumis aux deux autres pouvoirs.

De plus, malgré les bonnes intentions de ceux qui légifèrent, les affaires n'aboutissent pas toujours comme elles le devraient. Certains textes sont trop anciens ou trop vagues, et les lois sont faites pour être interprétées. Avec un bon petit coup de pouce, les notables et les nantis s'en tirent plus facilement, c'est évident y compris dans des délits graves parfois. Le fric, y a que ça qui compte, aussi pour pas mal de mes confrères qui ne connaissent que le bruit des liasses de billets de banque. À partir du moment où aucune sanction ne peut être prise à l'encontre de ceux qui édictent les lois, et de ceux qui sont chargés de les faire appliquer, cela prouve qu'ils se considèrent au-dessus de celles-ci.

Ajouté à cela, le train de vie ostentatoire que les politiciens se paient en temps de crise. C'est suffisant pour renforcer la frustration du peuple qui se sent floué. Et puis cette prolifération de lois engendre une restriction des libertés. À vouloir tout contrôler, ils cassent notre créativité qui est pourtant un attribut important de l'être humain. Nous avons besoin de réformes, de moyens, mais également d'un changement des mentalités. Cela te fait rire ?

– Non, pas du tout. Je comprends pourquoi tu n'as pas accepté de passer à la magistrature quand on te l'a proposé.

– Ben oui, évidemment. Je ne voulais pas perdre mon autonomie. Ça va, j'arrête de tenter de refaire le monde. Après tout, il est censé reposer sur les épaules de chaque être humain, pas seulement sur les miennes. Je quitte le barreau dans deux jours et c'est très bien comme cela.

– Tu as tout à fait raison. Tes commentaires sont toujours pertinents. Je t'écouterais durant des heures sans bouger.

J'apprends beaucoup de choses intéressantes avec toi, le problème c'est que toutes ces affaires te perturbent, alors arrêtons-nous là. Allons-y avant qu'ils ne nous mettent dehors. En plus, tu dois te lever tôt demain matin.

– Ne t'inquiète pas pour moi. Bien que je râle tout le temps, je garde l'espoir et surtout ma foi en la vie est inébranlable.

Je montai dans la voiture de Catherine. Il y régnait un silence solennel, nous étions l'une et l'autre absorbées par nos pensées. Cette conversation au sujet du fonctionnement douteux de notre justice m'exaspérait sans aucun doute. Était-ce un aveu d'impuissance après avoir accepté d'entrer dans le système sans avoir réussi à le modifier ? Après avoir exercé durant près de trente-cinq ans le métier d'avocat auquel je ne me destinais pas au départ, j'étais incapable de répondre à cette question. J'avais toujours travaillé avec conviction et avec cœur. Il m'était arrivé de refuser des causes auxquelles je ne croyais pas. Je m'exposais de cette manière aux commentaires désobligeants de certains confrères, toujours les mêmes évidemment pour qui, défendre un criminel, tueur et violeur d'enfants représente la même chose qu'une escroquerie massive à la TVA.

Au début, les critiques me rendaient mal à l'aise. Par la suite, j'ai appris à ne plus en tenir compte, être fidèle à soi-même est plus important que d'essayer de plaire aux autres. De toute manière, il est impossible de satisfaire tout le monde, me répétais-je souvent. Et puis, c'est une question de valeurs auxquelles on adhère personnellement.

Tandis que je me laissais aller à ces réflexions, nous longions les immeubles modernes et les anciennes demeures qui bordent l'avenue de Tervuren construite 100 ans plus tôt, alors que le roi Léopold II régnait en maître sur ses colonies africaines, et que l'argent coulait à flots pour la classe dominante.

– Catherine, dépose-moi au rond-point Montgomery, en face de la fontaine.

– Tu es sûre ?

– Oui. Je vais me dégourdir les jambes en marchant un peu. La maison n'est qu'à deux cents mètres de là. Je t'embrasse, ma chérie. À demain. Je compte sur toi vers treize heures. Je t'attends pour m'aider à emballer les bibelots. Nous déjeunerons ensemble.

– D'accord, à treize heures précises, je serai chez toi. Vraiment, tu ne veux pas que je te dépose devant ta porte ?

– Non, je t'assure que je préfère marcher, j'ai besoin de prendre l'air. Je me sens un peu lourde, j'ai du mal à digérer la viande.

Catherine redémarra lentement comme si elle attendait que je change d'avis. Je parcourus quelques mètres et traversai la route pour me rapprocher du bassin qui contenait la nouvelle fontaine érigée au milieu de l'avenue. Les rues étaient désertes à cette heure tardive.

L'idée de quitter définitivement le décor de ce qu'avait été ma vie, « la pièce de théâtre de ma vie », comme il me plaisait de l'appeler, ne m'angoissait pas. J'avais l'intention de voyager de temps à autre pour régler certaines affaires en suspens, rencontrer ma nièce, ma belle-sœur et quelques amis, sans oublier de visiter la tombe de mes parents et grands-parents en province.

En revanche, jamais au grand jamais, je ne franchirais l'énorme portail en bois massif du palais de justice, je ne traverserais plus la salle des pas perdus. Je laisserais derrière moi l'ombre de ma toge noire et mon attaché-case. Après-demain, je me rendrai au vestiaire des avocats, je commencerai par enlever du portemanteau l'étiquette qui porte mon nom : Yvonne Capar. Personne ne parviendrait à me convaincre de rester plus longtemps. L'heure était venue de plier bagage et de réaliser mon rêve le plus cher, partir en Italie.

N'aurais-je pas dû quitter plus tôt ? Non, c'était mieux comme cela. À présent, j'allais enfin me consacrer à la réalisation d'un projet encore flou d'association pour venir en aide aux jeunes mères abandonnées, dépourvues de toute scolarité dont certaines sortent de prison et vivent seules avec leur bébé.

Créer un centre de formation qui leur permettrait de suivre des cours afin d'apprendre un métier pendant que des puéricultrices se chargeraient de garder leur enfant. Voilà une idée qui me poursuivait depuis de nombreuses années, il fallait que je sois sur place pour m'occuper de la mise en route et de la gestion quotidienne d'un tel projet.

Le futur des enfants était ma principale préoccupation. Moi qui avais choisi de ne pas être mère, j'étais inquiète pour les petits enfants. Dans cette société de jouisseurs suicidaires, on ne travaillait pas assez pour préparer leur avenir, pour qu'ils reprennent un jour le flambeau. L'héritage que nous allions leur léguer me préoccupait.

Je m'attardai encore quelques minutes devant la fontaine et contemplai impavide les jets d'eau. La chaleur de l'été à cette heure était supportable, une brise légère rafraîchissait la nuit. En remontant vers le parc du Cinquantenaire, la perspective était grandiose. Je scrutai la nuit, sa volupté me fascinait. Bien que je n'eusse pas envie de rentrer, j'aurais continué cette promenade en solitaire, j'empruntai la rue du Collège et atteignis l'immeuble de trois étages qui me servait de domicile et de cabinet depuis vingt-cinq ans.

II

– Il est presque neuf heures, Solange, je descends dans mon bureau. J'attends maître Leroy. Dès son arrivée, introduisez-le, ensuite apportez-nous sans tarder du café et le plateau du petit-déjeuner. C'est notre dernière réunion, je suppose que nous serons occupés toute la matinée. J'espère terminer aujourd'hui le transfert des dossiers en cours à mon confrère. À treize heures, ma nièce Catherine viendra m'aider à préparer une partie de mes bagages, nous déjeunerons ensemble. Vous pourrez vous retirer dès la fin du repas.

– Bien madame.

Solange me répondit d'une voix tremblante inhabituelle. Je me retournai soudain et la vis en larmes sortir un mouchoir de son tablier.

– Eh bien, qu'est-ce qui vous arrive ?

– Rien, madame. Je suis juste un peu émue à cause de votre départ. Les quinze années de service que j'ai passées auprès d'une femme comme vous m'ont marquée.

Je ne pourrai jamais vous oublier. Je prends ma retraite en même temps que vous, parce qu'il me sera impossible de rencontrer une patronne aussi gentille et aussi généreuse que vous. Les années ont passé trop vite sans qu'aucun nuage ne vienne assombrir cette collaboration idyllique. Travailler pour vous a certes été un honneur, Maître Capar, mais surtout un immense plaisir. Vous avez un tel respect des gens, qu'ils soient socialement élevés ou simples comme moi, qui suis votre servante. Ce qui me plaît en vous, c'est que vous traitez tout le monde sur le même pied. Je me souviendrai surtout de votre soutien inconditionnel dans les moments difficiles. Vous nous quittez pour partir seule dans un pays étranger, cela m'effraie. Je n'ai nullement l'intention de me mêler de vos affaires personnelles, néanmoins j'ai peur pour vous.

– Que voulez-vous que je fasse d'autre, Solange ? J'ai décidé de partir à la retraite à soixante ans. Cela ne signifie pas que je vais rester sans rien faire. J'ai l'intention de réaliser d'autres projets dont je n'ai pas pu m'occuper plus tôt par manque de disponibilité. Je suis également arrivée à un point où j'ai envie de vivre pour moi-même, tout en continuant à me consacrer aux autres. J'ai un immense besoin avant tout de me faire plaisir.

Depuis longtemps, je considère Rome comme le centre du monde ou tout au moins, le centre de mon monde. La première fois que j'ai visité cette ville en 1956, dès mon arrivée à la gare des Termini, je me suis dit : « un jour, je vivrai dans cette ville ! ». Cette idée ne m'a plus jamais quittée. Ne me demandez pas pourquoi, c'est comme cela. J'ai travaillé durant toute ma carrière à Bruxelles. À présent, j'ai décidé de profiter de ma retraite à 50 kilomètres de Rome, dans la maison que j'avais achetée à cette intention.

Je vous remercie de votre attention à mon égard, mais je vous demande de ne plus vous soucier de ce qui pourrait m'arriver de mal. Il ne m'arrivera rien, je vous l'assure. Je pars tranquille. Vous me connaissez, je me débrouille toujours. Et puis, j'ai d'excellents voisins et des amis intimes en Italie. Occupez-vous plutôt de votre santé. Ces derniers temps, je trouve que vous avez négligé votre diabète. Il serait prudent de veiller à suivre un régime plus strict et à vous reposer. Vous allez en avoir l'occasion puisque vous mettez fin à vos activités.

– Justement à ce propos, j'ai téléphoné à la doctoresse spécialiste en endocrinologie et diabétologie que vous m'aviez recommandée. Figurez-vous que le secrétariat voulait me donner un rendez-vous pour le mois d'avril, dans huit mois. Choquée, j'ai demandé à lui parler personnellement. Je lui ai expliqué mes malaises et lui ai fait remarquer que j'étais malade maintenant, et que je ne pouvais pas attendre aussi longtemps. Elle m'a répondu :

– Qui êtes-vous d'abord ? Vous êtes l'une de mes patientes ?

– Non, lui dis-je, c'est la première fois que je vous consulte.

Elle continua sur un ton désagréable :

– Je ne peux rien faire pour vous, mon agenda est complet jusqu'à cette date. Si vous êtes pressée, prenez rendez-vous chez un autre médecin !

J'entends la sonnette, c'est maître Leroy.

Je vais lui ouvrir. Prenez votre temps, je l'introduis dans votre bureau.

– Laissez, je vais lui ouvrir moi-même.

C'est incroyable ce que vous me racontez là ! Quelle pimbêche ! Pour qui se prend-elle ? Voilà le résultat entre autres, de la prolifération des femmes médecins, elles travaillent trois jours par semaine ! La médecine de notre pays est sur la pente descendante pour diverses raisons, comme le reste d'ailleurs. Et vous voudriez que je continue à vivre ici ? Je suis vraiment désolée de vous l'avoir recommandée. En fait, je ne la connais pas personnellement. C'est ma secrétaire, Isabelle qui m'avait remis son numéro de téléphone en me disant qu'elle était gentille, humaine et très compétente. Je n'ai jamais eu à la consulter jusqu'à présent.

Les propos de Solange m'avaient touchée. Hier soir, c'était ma nièce qui s'attristait de mon départ. Il n'était pas question que je me laisse ébranler par les réactions négatives de mon entourage, même si ces personnes m'étaient chères. J'étais obstinée et ma confiance ne pouvait être entamée par le moindre doute sur le bien-fondé de ma décision.

Je m'étais fixé des objectifs que je m'efforçais d'atteindre. L'intérêt des autres avait souvent prévalu sur le mien. Altruisme ou inconscience ? Je n'ai jamais très bien senti où se trouvaient les limites sans risquer d'être égoïste. Aujourd'hui, je ressentais la nécessité impérieuse de rejoindre mes pénates en Italie. Je m'en tiendrais à la décision prise. Je prenais ce seul rendez-vous avec moi-même, non pas que les retraites aient manqué de ponctuer mon existence. Je voulais enfin vivre à mon propre rythme, rechercher la plénitude, accueillir ce qui venait sans but précis. Avoir la capacité de tout lâcher et de me lancer dans le vide. Vivre libre et sans entraves, recommencer quelque chose de nouveau qui n'avait rien à voir avec l'ancien, et néanmoins servir en m'engageant dans un nouveau projet.

C'est vrai ce que disait Solange. Mes relations avec mes collaborateurs et mes clients ont toujours été empreintes de cordialité et de respect mutuel. Que je me retrouve face au procureur de la Cour de Cassation ou face à ma servante, cela ne changeait rien pour moi. J'avais atteint un tel niveau d'empathie que j'étais capable de communiquer avec n'importe qui. Au fond, qu'est-ce qui diffère d'un individu à un autre ? La position sociale et la fortune ne sont pas des garanties de la bonne foi et de l'honnêteté d'une personne.

Mon empressement à prétendre m'engager m'avait poussée au militantisme social où j'avais épousé sans trop savoir pourquoi, les idées de ma famille. Tout cela était resté derrière moi. Aujourd'hui, j'avais adopté une attitude plus zen face à l'existence. Je n'en avais pas pour autant perdu ma capacité de révolte. Qu'y avait-il d'incompatible à être comme les artistes de la Renaissance, à la fois juriste et mystique ?

Les problèmes cruciaux de l'humanité m'interpellaient. Je préférais m'adonner à mon sport favori, penser. Cependant, mes devoirs m'attendaient et penser n'avait jamais résolu les vrais problèmes. Quand je consultai mon agenda de cette dernière semaine, je constatai qu'il me restait pas mal de travail, alors que je n'avais qu'une envie : terminer et m'envoler vers d'autres horizons.

Je finirais la semaine en beauté ce samedi en fêtant mon anniversaire dans un restaurant grec. J'ignorais encore le programme de la soirée et le nombre de personnes présentes, c'était la surprise. Je laissais à ma secrétaire le soin de s'occuper de tous les préparatifs. En cette fin du mois d'août, plusieurs d'entre elles n'étaient pas encore rentrées de vacances. Ce qui était sûr, c'est que nous allions danser au rythme du sirtaki, et casser des assiettes pour nous défouler jusque tard dans la nuit.

III

Mon entretien avec Roger Leroy n'aura duré que deux heures et demie. Il avait déjà jeté un coup d'œil à tous les dossiers que je lui avais remis. Cette réunion avait pour but de lui apporter si nécessaire des précisions, au cas où des problèmes seraient restés en suspens.

Roger travaillait avec moi depuis sept ans. À sa sortie de l'université fraîchement diplômé, il avait demandé à effectuer son stage dans mon cabinet. À l'époque, je venais juste de mettre fin à ma collaboration avec un jeune avocat, Joao Mourinho, pour faute grave à la suite d'une plainte d'une dame émargeant au CPAS[4] qui avait requis les services d'un pro deo [5].

---

[4] Centre Public d'Aide Sociale.
[5] Assistance juridique gratuite.

Joao avait été désigné par le conseil pour s'occuper de ce cas. Il n'avait rien trouvé de mieux en la rencontrant dans la salle des pas perdus, que de lui demander une provision de 2.000 francs. Ce qui était strictement interdit. Il s'agissait d'une faute professionnelle grave. Le bâtonnier, bien qu'ayant été informé, avait préféré faire la sourde oreille. Ayant été moi-même mise au courant de cet abus, je ne voyais plus l'utilité de continuer à partager mon cabinet avec un jeune individu de cette espèce, d'autant plus qu'il ne s'était pas occupé de cette affaire. Il ne s'était même pas rendu à l'audience. La pauvre dame avait été condamnée par défaut au profit de l'une de ces banques infâmes, véritables charognards qui dépouillent en toute impunité les plus démunis de notre pays.

Roger connaissait tous les dossiers aussi bien que moi. Dès le premier jour, il s'installa à mes côtés comme si nous nous étions toujours connus. Il était aussi calme que j'étais emportée. Je m'enflammais pour un oui ou pour un non. Sans agressivité véritable et loin de moi, l'envie de blesser qui que ce soit, je me fâchais néanmoins pour la moindre peccadille.

Au pénal, nous avions parmi nos clients quelques escrocs. Ils s'étaient constitué un bon pactole grâce à toutes leurs manigances, ce qui ne les empêchait pas de rechigner à nous payer, parfois par malhonnêteté ou par pure désinvolture.

Peu de temps après l'arrivée de Roger à mon cabinet, l'un d'entre eux, un personnage haut en couleur bien sympathique se présenta pour nous demander avec son aplomb habituel, de nouveaux délais de paiement. Le problème, c'est que son ardoise commençait à s'allonger un peu trop.

Lasse de ses bavardages incessants, je finis par me déchaîner en frappant un violent coup de poing sur le bureau. Je me mis debout devant ce grand gaillard d'un mètre quatre-vingts. Haute de mon mètre soixante, je le regardai droit dans les yeux en hurlant : « je vous interdis de sortir de ce bureau avant que vous ne m'ayez versé le montant des provisions que vous me devez jusqu'à ce jour. Faute de quoi, je suspendrai mes prestations dans votre dossier. En d'autres mots, je vous laisserai tomber et cesserai de vous défendre. Essayez toujours de dénicher un autre avocat pour vous assister ».

J'observai Roger qui s'était levé pour s'approcher de la porte, il était devenu aussi pâle qu'un cadavre sorti de son cercueil à minuit. Il me regardait fixement, ses lèvres tremblaient. Nul doute que s'il avait dû ouvrir la bouche à ce moment-là, nous aurions assisté à un concert de claquements de dents étourdissants.

Tandis que le bonhomme surpris sortait son chéquier de sa poche, fidèle au proverbe : « qui connaît les saints, les honore », je pris le téléphone pour former le numéro de sa banque en vue de leur demander de bloquer immédiatement à mon profit, le montant du chèque. En effet, payer avec des chèques en bois ou revendre des villas luxueuses qui ne lui appartenaient pas, représentait son passe-temps favori.

Il est vrai aussi, à sa décharge, qu'il était éternellement ruiné par le régiment de poules de luxe dont il raffolait s'entourer, et qu'il entretenait à grands frais. Elles disparaissaient les unes après les autres, non sans lui avoir vidé au préalable son compte en banque. Ce qui l'incitait à recommencer à escroquer les particuliers, les institutions et tous ceux qui avaient le malheur de croiser son chemin.

Sa dernière trouvaille, le créneau porteur du moment : l'humanitaire ! Ayant flairé l'aubaine, il avait créé une association censée aider l'Afrique. Malheureusement pour les petits Africains, ceux-ci ne voyaient pas la couleur de l'argent récolté en leur nom. Il servait à alimenter ses comptes personnels ouverts en Suisse et aux Bahamas. Difficile d'apprécier le montant des détournements en deux ans, quelque vingt millions de francs dormaient à l'abri dans des paradis fiscaux en attente de sa sortie de prison.

Une chose était certaine, étant multirécidiviste, cette fois je ne pourrais pas lui épargner une longue peine de prison. Il ne perdait pas pour autant son optimisme habituel, ni sa jovialité, ni même sa patience en sachant qu'un tel magot l'attendait à sa sortie. Il comptait aussi bénéficier d'une remise de peine pour bonne conduite; d'ici deux ou trois ans, il recouvrerait de nouveau la liberté.

Ma démonstration de force le surprit sans parvenir à l'intimider. Il ne m'en voulut point. Au contraire, très satisfait de mes services, il n'hésita pas par la suite à me recommander à ses comparses lors de son séjour en prison.

Après son départ, Roger me dit qu'il ne m'avait jamais vue dans une telle colère. Il n'en revenait pas de mon autorité instinctive.

– Je comprends pourquoi vous avez pu exercer ce métier seule durant autant d'années, me dit-il, vous avez une poigne de fer.

– Vous avez raison. Dans ce métier, nous n'avons pas affaire à des enfants de chœur, ne l'oubliez jamais, il convient de détecter les affabulateurs et les manipulateurs. Si vous

vous laissez mener en barque, vous allez œuvrer pour des cacahuètes parce que vous ne serez pas payé.

Lors de notre dernière réunion de travail ce matin, il n'était pas très prolixe, contrairement à son habitude. Lui aussi semblait mal accepter que je cesse mes activités et que je parte en Italie. Je lui fis remarquer que personne n'était indispensable dans la vie.
Il se contenta de sourire tout en me rappelant une réunion au siège de la Ligue des droits de l'homme.

– Je compte sur vous pour que vous me donniez votre avis concernant cette nouvelle affaire dont la Ligue vient d'être saisie : le cas de cette jeune femme condamnée pour avoir hébergé son amoureux, un Indien en situation irrégulière.
– J'ai eu vent de cette histoire qui me paraît bien injuste, mais je n'ai pas encore suffisamment d'éléments en ma possession pour me prononcer sur cette affaire. À première vue, la décision de la juge est, semble-t-il, péremptoire. A-t-elle appliqué la loi ou s'agit-il de son interprétation personnelle ? Quelle que soit la réponse à cette question, cette façon de punir les rapports humains est inacceptable,

voire inhumaine dans une société qui se proclame civilisée et qui n'hésite jamais à donner des leçons aux autres.

– Dans le cas de cette jeune fille, il semblerait qu'un amour soit né entre elle et ce réfugié semi-clandestin et qu'elle ait simplement voulu l'aider, sans lui extorquer le moindre centime. Ils ont été dénoncés par un appel anonyme. C'est à peine croyable, ce qui lui est reproché. Elle pouvait fournir une aide humanitaire, mais sans rien en retirer pour elle. Or, dans une relation amoureuse, les deux parties sont concernées. Ils l'expulsèrent, et en plus il vient de se faire condamner par défaut à une peine de prison et à une amende. Et elle, elle a aussi écopé d'une lourde amende.

– Ils ont été dénoncés ? Je vois, c'est un bond en arrière d'une cinquantaine d'années. Nous revenons à des situations que nous avons connues durant l'occupation allemande où les autorités incitaient à la délation. Un réseau clandestin dut être mis sur pied pour secourir les illégaux. L'aphorisme de Cicéron me revient en mémoire: «Summum ius, summa injuria ».[6] La loi n'est vraiment pas la morale !

Roger n'était pas certain non plus d'être capable de me remplacer à mon poste de superviseur auprès des stagiaires

---

[6] "On commet souvent des injustices par une application stricte de la loi".

avocats. L'encadrement de ces jeunes lui paraissait une tâche rébarbative dont il hésitait à assurer la relève. En revanche, ce fut pour moi une des activités qui me stimulaient le plus. Les jeunes représentent l'avenir, j'avais toujours veillé avec beaucoup de soin à leur formation.

Je lui expliquai qu'il souffrait d'un manque de confiance en lui, qui s'avérait préjudiciable pour la poursuite de sa carrière s'il ne changeait pas. Roger était un chic type doté d'innombrables capacités, mais il péchait par un manque d'ambition, qui lui causerait un tort immense dans l'exercice de ce métier. « Ceux qui réussissent sont ceux qui ont du culot même s'ils sont incompétents parfois », avais-je ajouté.

Je m'allongerais bien une petite heure avant l'arrivée de Catherine pour le déjeuner, je me sens déjà fatiguée. Cette fatigue soudaine était probablement due au stress causé par le souci de ne rien oublier avant mon départ.

IV

– Tu as vu que je n'allais pas bien ? À quoi as-tu remarqué cela ?

– Quelle question ! Tu t'imagines que je ne te connais pas, moi qui t'ai vue naître. Je trouve que tu te flétris de jour en jour. D'abord tu maigris, tu es pâle, tes yeux sont fuyants et ton regard est impénétrable pour les autres, pas pour moi.

– J'ai l'impression que quand je marche, mes pieds ne touchent plus le sol. De plus, j'ai des douleurs dans la nuque et des sensations de vertige. Je n'ai pas faim. Je mange par obligation et non pas par appétit.

– En réalité tu n'es pas centrée. Tu n'as plus les pieds sur terre, c'est purement psychologique tout ça.

Que se passe-t-il exactement ? C'est à cause de tes relations avec Étienne ? Tu n'es pas satisfaite n'est-ce pas ?

– Non. Rien ne va entre nous, il ment sans arrêt. Il n'est même pas fidèle. Nous avons déjà rompu deux fois et je voudrais avoir la force de me séparer de lui, car je suis consciente que je n'arriverai jamais à rien avec lui. J'ai envie de me marier, fonder une famille, alors que lui n'a aucune idée de ce qu'il veut vraiment.

– Il appartient peut-être à cette classe d'instables qui ressentent sans cesse le besoin de plaire, et de conquérir pour avoir l'impression de se sentir exister ? Un moyen comme un autre de transcender ses peurs existentielles.

Je me souviens que ma grand-mère me disait lorsque j'étais jeune adolescente : « les hommes comme les femmes, il y en a pour s'amuser et il y en a pour se marier ! ». Tu ne crois pas qu'Étienne serait plutôt du genre à fréquenter pour s'amuser sans s'attacher à lui ?

– C'est possible. Il est beau, gentil, élégant. C'est un cavalier hors pair, il danse très bien. Les soirées passées avec lui sont agréables. Il est toujours prêt pour la fête. Entre nous, il fait merveilleusement bien l'amour aussi.

– Mmm. C'est important qu'il soit un bon amant. Mais s'il ne sait faire que ça, ce n'est pas suffisant. Cela dépend de ce que tu recherches. Si tu me dis que tu voudrais te marier, tu auras beaucoup de mal à supporter ses infidélités, sa superficialité, son manque de sens des responsabilités. Tu as intérêt à songer d'abord à toi, à ton bonheur. Quel genre de compagnon pourrait te rendre heureuse ?

– Je l'ignore. Je n'ai pas une image d'un type précis. C'est une question de chimie, de ressenti lorsque je suis à côté de lui.

– D'accord, mais si tu continues à subir ta vie de cette façon, tu vas te détruire, ma chérie. Chacun porte en lui les graines de son bonheur et de son malheur. C'est une question de choix. Évidemment, ils ne sont jamais simples surtout en matière de sentiments.

Pourtant toi aussi, tu as tout pour plaire. Tu es belle, intelligente et affectueuse ; en plus tu as de la classe, qualité devenue rare de nos jours. Les filles de ton âge ne font plus très attention à leur manière de s'habiller, de se tenir et de parler. Toi, tu es raffinée et élégante.

J'ajouterai que tu es généreuse. Je comprends que tu ne trouves pas ta place dans cette ambiance superficielle et libertaire qui prévaut aujourd'hui, parmi ces constipés de l'amour qui ont peur de tout, peur de rien, et qui rechignent à s'engager.

Mes paroles avaient-elles réussi à convaincre ma nièce ? Pensive, elle hocha la tête comme pour acquiescer. Je voyais bien qu'elle était d'accord avec mes propos, néanmoins comment avoir le courage de rompre avec ce garçon qu'elle fréquentait depuis trois ans ?

J'avais eu l'occasion de rencontrer Étienne quelquefois. Sa compagnie m'avait été très agréable. Mis à part sa passion pour le football, sa conversation se limitait à bien peu de choses. J'avais eu beaucoup de mal à discuter avec lui, il ne s'intéresse à rien d'autre qu'au sport. Et puis, il n'était pas très exigeant avec la vie, il paraissait se satisfaire de peu.

J'imaginais mal ma nièce, une artiste peintre brillante et cultivée se contenter de si peu de dialogue. Pourtant Catherine aimait passionnément ce garçon qui lui apportait la présence rassurante d'un homme à ses côtés, l'insouciance, la fantaisie, la joie dont elle avait tant besoin depuis le décès de son père. Il mettait du piment dans sa vie. De là à désirer l'épouser, elle devrait sérieusement y réfléchir, car le fossé entre eux paraissait infranchissable. Combien de temps allait-elle supporter son instabilité et ses infidélités ? Son manque d'idéal aussi, ce qui n'était pas rien.

Je m'inquiétais pour elle. Elle était un peu l'enfant que je n'avais pas eue. Je ne désirais pas m'immiscer dans ses affaires au point de lui donner le moindre conseil, bien que j'eusse tout à coup envie de lui crier, plaque-le. Je me tus par respect, par crainte aussi qu'elle ne m'en veuille un jour, et qu'elle ne fasse exactement le contraire de ce que je lui aurais conseillé.

– Quand tu auras quitté Bruxelles, ma tante, ce sera pire pour moi. Je me sentirai encore plus seule. Tu sais qu'avec maman, la relation n'est pas toujours facile. Elle est très égocentrique. Il m'est difficile de me confier à elle, et même tout simplement de lui parler, comme nous le faisons ici. Elle revient toujours à elle, à ses problèmes véritables ou imaginaires. Elle ne m'écoute pas vraiment.

– Tout d'abord, es-tu capable de rester seule sans être malheureuse pour autant ?

– Non, j'ai horreur de la solitude. J'aime la compagnie des gens, surtout du sexe opposé. J'ai besoin de la présence d'un homme.

– Je te comprends. Tu sais que la solitude est un sentiment subjectif. Elle peut exister au sein d'un couple mal assorti. Et tu peux même la ressentir au milieu d'une foule. Tu me parais bien peu préparée à vivre en couple, tu es trop dépendante. Hormis le fait qu'Étienne soit infidèle, tu l'étoufferais parce que tu n'accepterais pas qu'il se sépare de toi pour avoir des activités personnelles, à la condition qu'il soit sérieux évidemment.

Ces moments de séparation contribueraient à renforcer votre amour.

Ceci dit, si tu ne te sens pas bien ici, je ne vois pas d'inconvénients à ce que tu m'accompagnes en Italie. Il y aura toujours une place pour toi dans ma maison et puis, qui sait si tu ne peux pas rencontrer un bel Italien ?

– Je te remercie de ta proposition, ma tante. Je préfère rester ici. Malgré tout à Bruxelles, j'y ai mes habitudes, mes amis et je ne suis pas certaine que je pourrais m'adapter aussi facilement que toi dans un pays étranger. Ce qui est sûr, c'est que j'irai te visiter le plus souvent possible.

– À ta convenance, ma chérie. Je n'insisterai pas.

À la fin du repas, nous nous partageâmes la tâche d'emballer les bibelots que je désirais emporter. Catherine s'occuperait des meubles de la salle à manger tandis que j'emballerais les objets de ma chambre à coucher, sans oublier de vider la grosse commode Louis XV ayant appartenu à ma grand-mère, qui se trouvait dans la dernière chambre au fond du couloir.

Je n'avais aucune envie d'emporter tout le contenu des différents meubles, néanmoins j'avais besoin de faire un inventaire de ce que je possédais. J'avais accumulé tant de choses inutiles ces dix dernières années, que je ne savais même plus ce qui s'y trouvait. Je n'emporterais que l'indispensable et ce dont je ne voulais pas me séparer, mes napperons en dentelle de Bruges par exemple qui conviendraient très bien pour orner mes bouts de canapé en bois de merisier.

En montant les escaliers, je repensai à ce que Catherine m'avait dit. Le mot «habitude» me revenait à l'esprit.

Je me souvins tout à coup de mon enfance entourée de mes parents, grands-parents, et de mon frère Jean. Dans ce pays minier, notre existence était rythmée par l'activité fébrile des charbonnages. Les sirènes des mines nous glaçaient d'effroi à l'idée qu'un coup de grisou pouvait d'une minute à l'autre, plonger de nombreuses familles en plein désarroi.

Paysages durs aux couleurs sombres, les silhouettes des terrils sculptaient l'horizon. Les cheminées crachaient leurs fumées et d'épais nuages gris se formaient dans le ciel. Nous ignorions qu'un ciel pouvait être bleu. Les cités aux maisons alignées étaient les reliquats d'un paternalisme dégradant, qui n'hésitait pas à exploiter à outrance cette bête de somme qu'était l'ouvrier. De père en fils, il était réduit en esclavage, condamné à laisser dans ces mines, sa chair et son sang. Atteint de la maladie de la silicose, il mourait dans d'atroces souffrances en crachant ses poumons. Il sacrifiait sa santé et sa vie dans le seul but d'enrichir les propriétaires de la mine. Ce scénario impitoyable se rejouait à chaque génération.

Peuplée d'irréductibles et d'insoumis au début du siècle, cette région fut le terrain de grands mouvements de lutte ouvrière. C'est en son sein que naquirent le socialisme et le communisme belges. Fatigués de leurs rébellions, les patrons fermèrent ces industries devenues moins rentables et les réinstallèrent sous des cieux plus propices à l'esclavage moderne.

Devenue un désert, la Wallonie mourut autant des fausses promesses de ses politiciens que du manque d'activité qui avait condamné sa population au clientélisme politique, ce qui lui fit perdre toute dignité et tout sens de l'honneur. Car il est bien vrai que l'homme ne se nourrit pas que de pain.

Cette uniformité des maisons ainsi que leur accolement les unes aux autres me choquaient durant mon enfance. Je n'acceptais pas de me conformer au mode de vie et aux habitudes qui étaient en vigueur dans mon milieu, entre autres, à la séparation des communautés.

Bien que les mineurs travaillaient ensemble, les différentes nationalités : Belges, Italiens, Polonais, et plus tard, Espagnols, Algériens, Grecs, Turcs, arrivées par vagues successives, vivaient séparés. Un point commun, à la tombée du jour, tous s'asseyaient devant leur porte, immobiles comme des chiens de faïence, ils regardaient passer les rares voitures et les carrioles tirées par les chevaux. Des groupes de garçons couraient derrière elles pour ramasser les crottins des chevaux, qu'ils revendaient au kilo aux agriculteurs, qui s'en servaient comme engrais naturel.

En cette période d'après-guerre, les gens encore traumatisés essayaient de reconstruire le pays et surtout de se reconstruire.

L'arrivée des immigrés italiens ne réjouissait personne. Une fois de plus, la logique économique ne coïncidait pas avec les aspirations des peuples. L'appel massif à cette main-d'œuvre étrangère pour travailler dans nos mines et combler le manque de main-d'œuvre locale n'était pas vu d'un bon œil par mes concitoyens.

D'âpres discussions avaient lieu. Tous rappelaient l'idéologie fasciste et la collaboration de Mussolini avec Hitler, jusqu'à ce que la mainmise de l'Allemagne sur l'Italie ne mette fin aux illusions de grandeur des péninsulaires. Cependant, les réfugiés communistes italiens fuyant le fascisme dans les années trente avaient reçu un accueil différent.

Ce regard jeté sur l'autre ne me satisfaisait pas. Après quelques hésitations, je décidai de marcher à sa rencontre et de le fréquenter en dehors de l'école, j'avais douze ans. Pour en arriver là, il fallait avoir le courage de rompre avec les habitudes pour oser s'aventurer en cette contrée inconnue que représentait la cité située près de la maison de mes grands-parents. C'est ainsi que petit à petit, je m'avançai avec cette confiance naïve qui caractérise l'enfance, à la découverte de ce territoire exotique.

J'ignorais que ce premier pas que j'étais en train de faire hors de ma bulle protectrice constituait le pas vers l'infini qui allait transformer toute mon existence. L'infini de la gastronomie, de la culture, de la musique, de l'amitié et de l'amour. L'infini tout court où les limites n'existent plus. Car plus tard, d'autres peuples croiseraient ma route et de ces rencontres, telles des étincelles, naîtrait le feu de l'universalité qui brûle en moi. Chaque confrontation avec l'autre ferait éclater mes certitudes et me permettrait d'asseoir les valeurs sur lesquelles je baserais ma vie.

Grâce à ce pas minuscule que je fis en direction de la cité des Italiens, ma carte géographique personnelle se modifia peu à peu au fil de mes voyages. La Méditerranée, carrefour entre l'Orient et l'Occident représenta désormais le centre de ma toile, le cordon ombilical par lequel passe le sang nourricier.

Les nombreux déplacements que j'effectuai plus tard, de l'Afrique à l'Amérique en passant par l'Asie, me permirent d'absorber suavement l'essence d'autres civilisations, telle une abeille qui butine le suc de chaque fleur sur laquelle elle se pose. Sans méfiance, ouverte à tous les vents, je me laissai imprégner par la richesse de ces différentes cultures. J'ignorai volontairement les côtés sombres inhérents à la nature humaine d'où qu'elle vienne, pour n'en retenir que les côtés sublimes et merveilleux que je découvrais avec pour seul langage, la parole du cœur.

Je multipliai dans mes périples tantôt les expériences douloureuses, tantôt burlesques voire des quiproquos époustouflants. Souvent surprise, jamais déçue, j'en suis arrivée à réaliser que nous avions tous besoin les uns des autres pour grandir.

Dans ce contexte, qu'est-ce que le racisme ou la xénophobie sinon l'ignorance et la peur d'affronter l'inconnu ? Ici se joue le drame de la non-acceptation de soi et par là même des autres.

Ce sentiment hideux n'est pas l'apanage d'un groupe spécifique d'individus. Il se cache au cœur de chaque être humain, quels que soient sa race, sa religion, son âge, son statut social, prêt à surgir dès que l'occasion se présente. Malgré mon ouverture d'esprit, il m'arriva de manière occasionnelle d'en être victime.

Grâce aux Italiens, j'apprendrais ce que le mot joie de vivre voulait dire. Bien que la pauvreté fût leur lot quotidien, la générosité, le sens de la fraternité et de l'accueil étaient une constante chez eux. La solidarité, l'entraide étaient érigées en valeur et représentaient l'un des piliers de leur nation dispersée aux quatre coins du globe. Le mot gradire en italien signifie à la fois donner et recevoir avec plaisir, ponctuant ainsi la notion d'échanges.

Grâce à ces qualités, ils surmontèrent les difficultés rencontrées lors de leur installation dans les pays étrangers, avant et surtout après la Seconde Guerre mondiale.

Ils réussirent ainsi à s'intégrer avec une souplesse remarquable dans toutes les sociétés, qu'elles soient européennes, sud-américaines ou anglo-saxonnes en participant à la vie politique, économique et sociale de ces pays. Sans oublier leur apport culturel dans les arts du spectacle, les variétés, le cinéma ainsi que le sport. Personnellement, ils me transmirent une autre qualité, l'amitié indéfectible et éternelle.

Imprégnée de cet héritage culturel et humain si modeste, mais en réalité inestimable, je décidai d'entamer des études littéraires de latin et de grec. Ma curiosité s'aiguisait de jour en jour, j'avais envie d'approfondir cette découverte du bassin méditerranéen qui recelait tant de richesses. Je poursuivis ensuite à l'université dans la section philologie classique dans le but d'enseigner ces langues et peut-être aussi l'italien.

Je réussis avec mention très bien mes deux premières années. En guise de récompense, ma grand-mère accepta de m'offrir un peu à contrecœur le cadeau que je lui demandais, un séjour de deux mois en Italie durant les grandes vacances d'été, à la condition d'être hébergée dans une famille, le but étant de me donner l'occasion de perfectionner la langue italienne, et d'avoir un contact direct avec cette culture humaniste et brillante.

Avant même que je n'aie demandé quoi que ce soit, dès l'évocation de mon projet, la mère de mon amie Gemma originaire des Abruzzes, me proposa de loger chez leur cousin qui habitait la ville de Rome.

V

Un beau matin de juillet 1956, je débarquai à Rome, un peu confuse pour mon premier voyage seule à l'étranger. Pourtant, les passagers qui se pressaient dans la gare des Termini étaient les mêmes que partout ailleurs. L'unique différence, les marchands ambulants qui vociféraient à tue-tête et gesticulaient dans tous les sens.

Les physionomies me plurent d'abord, à cause de la diversité des types physiques que je rencontrais parmi les Romains. Ensuite, ils me donnaient l'impression d'avoir un air de famille qui me rappelait mes amis italiens restés au pays.

L'immense pauvreté de la population qui déambulait dans cette gare sautait aux yeux ; malgré cela, certains visages étaient souriants, tandis que d'autres paraissaient carrément agressifs. La chaleur torride de l'été avoisinait les 40 °C, elle transformait la ville en une véritable fournaise.

Mon pied avait à peine frôlé le quai de la gare à la descente du train, qu'une kyrielle de porteurs se précipita vers moi. Ils se bousculaient pour tenter de s'emparer de l'énorme valise que je traînais derrière moi. Peine perdue, je venais d'apercevoir une large pancarte arborant mon nom, Yvonne Capar.

Comme promis aux parents de Gemma, il signor et la signora Giordano m'attendaient à la gare pour me conduire à leur humble demeure située près de la piazza de la Repubblica. Leur accueil fut des plus chaleureux. Embrassades, rires un peu comme de vieilles retrouvailles après une longue absence plutôt qu'une première rencontre.

– Benvenuta, piacere di conoscerla. Ha fatto buon viaggio[7] ?
– Piacere, lei parla la nostra lingua[8] ?
– Certo. Parlo un po[9].

---

[7] Soyez la bienvenue, enchantée de vous connaître. Vous avez fait bon voyage ?
[8] Enchantée, vous parlez notre langue ?
[9] Certainement, je parle un peu.

– Va bene[10]. Nous avons deux fils. Vous serez considérée comme la fille de la maison, me fit remarquer d'emblée Lucia.

– Je vous remercie de votre gentillesse. Tout le plaisir est pour moi d'être en votre compagnie. Gemma m'a dit tant de bien de vous, j'avais hâte de vous rencontrer.

Les Giordano étaient comme leurs cousins, originaires d'un petit village des Abruzzes non loin de Pescara. Ils s'étaient installés à Rome au début des années cinquante pour des raisons économiques.

Monsieur Giordano, « Paolo », insista-t-il, avait trouvé une place de maçon six jours par semaine dans une entreprise de construction, en plein développement en cette période d'après-guerre. Il lui avait été possible de chercher du travail dans ce domaine grâce à la fébrilité qui y régnait à cette époque. Le dimanche, il travaillait comme serveur sur la terrasse d'un restaurant du quartier Trastevere.

Lucia, sa femme était une excellente couturière. Elle n'avait eu aucune peine à décrocher un emploi de coupeuse dans une maison de couture réputée de la via del Corso.

---

[10] Très bien.

La vie n'était pas facile, mais les affaires ne marchaient pas trop mal pour ce couple de provinciaux, ainsi que pour leurs deux fils, Sergio et Franco de 23 et 20 ans. À force de sacrifices, ils se permettaient de leur payer des études, jusque-là réservées aux fils de familles riches.

Franco, le plus jeune était parti dans les Abruzzes pour aider le nonno[11] au travail des champs. Les récoltes seraient bonnes cette année. La température avait été très clémente, les oliviers et les vignes pliaient sous le poids des fruits mûrs.

– Il veut devenir ingénieur, me commenta Paolo, j'en suis ravi. Qu'il n'oublie pas qu'il est fils de maçon et petit-fils d'agriculteur. Cela l'aidera dans son ascension personnelle à ne jamais perdre le contact avec la terre, au cas où un jour, il se prendrait un peu trop au sérieux.

Franco m'avait cédé sa chambre durant son absence. Il était convenu dans la correspondance avec les parents de Gemma que je prendrais mes repas avec eux pour un prix modique, le logement m'était gracieusement offert.

Sergio, le fils aîné, étudiait à la faculté de droit. Sa quatrième et dernière année ne s'était pas très bien déroulée. Son père n'hésita pas à mettre ses résultats désastreux sur le compte de ses nombreuses sorties, et des

---

[11] Grand-père.

réunions politiques auxquelles il assistait trop souvent, à son goût.

Il passerait donc toutes les vacances à étudier afin de représenter en septembre, les matières importantes qu'il avait ratées lors de la première session d'examens. Rien n'était gagné pour lui. Il allait falloir se battre, et ensuite obtenir un travail dans un cabinet d'avocats ou s'installer à son propre compte. Sans relations dans le milieu, ce ne serait pas facile pour un fils d'ouvrier.

Paolo me conduisit à son domicile à bord de sa Fiat 500. Plus petite encore que la coccinelle, j'essayais de m'imaginer comment une personne de grande taille pouvait s'installer dans ces minuscules voitures, ni plus ni moins qu'en se transformant en contorsionniste de cirque qui entre dans son bocal. Le voyage ne dura que quelques minutes, pourtant j'en sortis toute courbaturée, les jambes en cerceaux. Lucia nous rejoignit à pied.

Sergio avait refusé d'accompagner ses parents à la gare, il avait préféré nous attendre à la maison. Il se tenait impatient sur le pas de la porte de l'immeuble, le regard tourné en direction de la gare.

Il me raconta plus tard combien il était impressionné de rencontrer pour la première fois, une Française, « les plus belles femmes du monde », aussi avait-il parlé de cet événement à tous ses copains. Il ne précisa jamais s'il avait été déçu ou si la réalité avait correspondu à ses rêves.

L'amitié que Sergio me témoigna durant tout mon séjour fut exemplaire. Sa réserve et son soutien furent un gage certain de la réussite de mon premier voyage à Rome. Pas étonnant que nous soyons restés associés aux événements de la vie de l'un et de l'autre depuis quarante ans.

J'assistai à son mariage avec Letizia, aux baptêmes de ses enfants, à l'enterrement de Paolo. C'est lui qui négocia l'achat de ma propriété à quelques kilomètres de la sienne, et qui s'occupa de tous les documents au moment de la signature de l'acte en veillant à ce que tout soit conforme. Il m'accompagna à un moment pénible pour moi, le jour de l'enterrement de mon frère, décédé prématurément dans un accident de voiture.

Ce jour de juillet 1956, je venais de faire la connaissance de ma deuxième famille.

Durant les mois de juillet et août, Rome se vidait de sa population autochtone pour laisser la place à des hordes de touristes étrangers, principalement américains qui arrivaient par dizaines de milliers. Ils n'hésitaient pas à braver la chaleur torride qui s'abat sur la ville pour visiter les sites historiques. Le soir, ils flânaient le long de la via Veneto en quête de la dolce vita ou de sensations fortes. Certains optaient pour une balade dans les jardins romantiques du parc de la Villa Borghese.

Comme dans l'Antiquité, les Romains aisés préféraient s'installer durant l'été dans des villas à la côte, où une brise légère rafraîchissait l'air.

Dans l'insouciance de la jeunesse, je choisis cette année 1956 pour découvrir l'Italie. J'ignorais qu'elle serait importante pour la création artistique de ce pays qui se remettait péniblement des séquelles d'une guerre meurtrière et injuste, comme toutes les guerres peuvent l'être.

Durant cette période noire, l'Italie avait assisté impassible à l'exil de ses fils partis pour gagner de quoi nourrir leur famille, et permettre ainsi à ceux qui restaient de survivre.

Pire, elle en avait été réduite à échanger les plus jeunes et les plus forts d'entre eux recrutés dans les Abruzzes et en Sicile, contre quelques tonnes de charbon extraites par les compagnies minières de différents pays européens.

Ces vacances seraient particulières pour moi et marqueraient un tournant décisif dans ma vie. Dès mon arrivée en provenance de Bruxelles, j'eus soudain une impression de déjà-vu. À la fois, une régression dans le passé avec une sensation d'avoir vécu auparavant à cet endroit, et simultanément, une projection dans le futur où je me voyais un jour résider dans ce pays. Phénomène étrange qui me laissa perplexe à l'époque où je n'avais pas encore pris conscience de la relativité du temps et de l'espace.

Tandis que mon esprit se laissait aller à se remémorer tous ces événements, j'ouvris machinalement les tiroirs de la vieille commode Louis XV. J'aperçus dans le coin gauche du premier tiroir, un vieux tube de rouge à lèvres qui dépassait sous un tas de lettres.

Je m'empressai de le saisir. Je le serrai contre mon cœur. Ma main tremblait. J'en retirai le capuchon noir pour découvrir la couleur rouge pourpre brillant de tout son éclat comme si les années s'étaient arrêtées. Je l'avais conservé intact, à peine utilisé. Bouleversée, je fermai les yeux.

Au simple toucher, des émotions fortes d'amour, de passion envahirent tout mon être. Elles avaient toujours été là présentes, mais réprimées sous un carcan d'indifférence qui ne laissait pas sans surprendre. Le visage de celui qui avait choisi et acheté ce tube de rouge pour me l'offrir avait imprégné la mémoire de l'objet. Il m'apparut souriant. Je ressentis sa douceur lorsqu'il me tendit avec tendresse ce cadeau précieux à l'occasion de mon anniversaire. J'avais vingt ans. Ses lèvres gourmandes semblaient se régaler d'avance de m'enlever le rouge dans un de ces baisers enflammés dont il avait le secret. Nous étions à Viareggio en Toscane. Le tube de rouge me brûla les doigts du même feu qui nous consumait tous les deux.

Quarante années ont passé et n'ont pas réussi à effacer les souvenirs de l'ivresse que me procura cet amour. Mon cœur ne devait plus jamais vibrer avec autant d'ardeur, pourtant j'ai aimé après lui. Mais pour moi, Renato était-il un homme ? Cette question, je me la suis posée maintes et maintes fois. Il m'aima pour m'aimer, parce que j'étais moi tout simplement. Il m'aima de toute son âme, de tout son être bien au-delà de ce que j'aurais été capable d'imaginer.

Les jours de grand cafard, je me demandais si cet amour n'avait été aussi merveilleux que parce qu'il avait été de courte durée, avant de se dissoudre dans l'Absolu. Pouvais-je imaginer que ce que nous connûmes se consumât un jour dans l'absurdité de la routine ? Nous aurions réussi à déjouer tous les pièges tendus par l'existence. Nous aurions défendu jusqu'au bout ce morceau d'amour immense, inconditionnel, auquel il nous avait été permis de goûter.

Lorsque je traversai ma période mystique, je pensai parfois que Renato n'était pas un homme comme les autres. Il était mon alter ego envoyé sur terre à ma rencontre pour que je connaisse cet Amour qui transfigure, véritable expérience initiatique. Il fit de moi une femme à part entière, physiquement, intellectuellement, psychologiquement et bien plus tard spirituellement parce que le jour de notre rencontre, je pris un nouveau chemin, aux antipodes de ce que j'avais été jusque-là. Il y eut pour Yvonne, l'avant et l'après Renato.

Avant mon séjour en Italie, j'étais une jeune fille conformiste qui se prenait pour le nombril du monde. J'étais coincée dans mon milieu familial étriqué, trop dépendante, trop obéissante et trop craintive. Les malheurs subis durant la guerre, la mort de nos proches tombés pour défendre notre pays nous avaient en quelque sorte, plombés, renfermés sur nous-mêmes. Un goût d'amer et une formule nous caractérisaient : À quoi bon ! Plus rien n'avait d'importance. La vie s'était arrêtée un soir de 1942.

Après cette expérience d'amour qui me remplit d'énergie, j'entrepris de m'engager dans des luttes sociales pour enfanter les rêves de Renato. Mon seul désir était de concrétiser ce qu'il aurait aimé réaliser. Je ne devais plus jamais accepter de compromis qui m'indisposaient par peur d'être mal vue ou critiquée.

Ce chemin que nous empruntâmes main dans la main était une sorte de pèlerinage. Bien qu'il m'ait quittée en cours de route, je ne m'en écarterais jamais d'abord par fidélité pour lui, et par la suite, bien plus tard, à quarante ans, l'âge où l'on devient soi-même, par fidélité pour moi-même.

Je ne compris jamais pourquoi nous avions été séparés après avoir connu une relation aussi intense, lui qui m'avait conduite sur le chemin qui menait au centre de moi-même. J'avais dû l'accepter avec résignation, après avoir connu une longue période de révolte contre ce que je considérais comme une grande injustice, qui déboucha sur une perte de foi en Dieu, et en l'existence.

Chaque instant en sa compagnie devenait une éternité, un moment situé au-delà du temps. J'expérimentai à ses côtés des états de conscience phénoménaux, de fusion, de télépathie. Nous découvrîmes sans le savoir, cette forme de communication non verbale propre à ceux qui s'aiment. Seuls au milieu de la foule, nous nous comprenions d'un seul regard. Le reste du monde semblait n'exister qu'à l'extérieur de nous, loin, bien loin de ce cocon magique tissé de rêves et d'espoir, dans lequel nous nous réfugiions chaque jour.

Il nous arrivait de garder le silence durant de longs moments et de nous sentir, dans le sens d'une empathie immense. Cette attitude avait des bons et mauvais côtés. Elle était particulièrement éprouvante lorsque l'un de nous deux souffrait d'un malaise, mal au ventre, vomissements, angoisses, l'autre le ressentait systématiquement, pareil à la symbiose que connaissent les jumeaux ou une mère et son enfant.

VI

Le lendemain de mon arrivée en Italie, Sergio m'invita à l'accompagner à l'université. Ses parents l'avaient chargé de m'escorter partout où j'avais envie d'aller, il était en quelque sorte mon ange gardien. Nul doute qu'il s'acquitterait de sa tâche de manière irréprochable.

Ce jour-là, en entrant dans l'enceinte de l'université, j'aperçus de loin deux hommes jeunes à l'entrée de la faculté de droit. L'un était très grand de taille, un mètre quatre-vingts à peu près, l'autre, de taille moyenne, un mètre soixante-douze environ. Ils scrutaient les tableaux sur lesquels étaient affichées des feuilles blanches. Ils prenaient note des résultats des examens. Sergio se dirigea vers eux. Ils se saluèrent d'un buon giorno[12] soutenu, il prit d'abord le plus grand des deux dans ses bras.

Le second, complètement absent de la scène, avait fait un pas en avant dans ma direction. Ses grands yeux brun vert me fixèrent sans sourciller. Ému, il me tendit une main tremblante. Son sourire était figé. Il me lança un «benvenuta

---

[12] Bonjour.

in Italia, bella ragazza ! Ora scoprira il significato della parola felicità ! Io mi chiamo Renato e tu sei Yvonne. Piacere di conoscerti».[13]

Surprise de cet accueil inattendu, je trouvai ses propos un peu déplacés, voire exagérés. Sans vraiment saisir la signification de ces paroles ni leur pertinence, je tendis timidement la main. En une seconde, je me retrouvai dans ses bras. Son visage toucha le mien, il me serra si fort contre sa poitrine que j'entendis les battements rythmés de son cœur s'accélérer.

Visiblement confuse, je commençai à me débattre en lui criant « lasciami[14] ! » Il me lâcha en levant les bras comme pour me montrer que je n'avais rien à craindre. Je reculai d'un pas en titubant. Je sentais mes joues rougir, elles étaient brûlantes. Quelle attitude adopter en pareille circonstance ? Je l'ignorais puisque je me trouvais pour la première fois dans une telle situation. Quelle audace celui-là ! Quel insolent, pensai-je, quelque peu en colère ! Pourtant, il me paraissait sincère et il connaissait mon nom. Mes yeux le transpercèrent d'un regard malicieux. Je pris le parti de ne

---

[13] Bienvenue en Italie, belle demoiselle. Tu vas connaître ici ce que le mot bonheur signifie. Je m'appelle Renato, et toi, tu es Yvonne. Enchanté de te connaître.
[14] Lâche-moi.

pas me fâcher, bien que je considérasse son geste comme un manque de respect de sa part.

Désormais, il fallait m'habituer à ce contact corporel rapproché. En Italie, les gens se touchaient de manière affectueuse beaucoup plus souvent que chez nous. Ils élevaient la voix également de sorte qu'ils donnaient parfois l'impression qu'ils se disputaient.

Nous sommes revenus plus tard sur l'épisode de notre rencontre. Je lui avouai le désarroi que m'avait causé son attitude qui ressemblait à une prise de possession, qui ne devait jamais me quitter. Car encore aujourd'hui, devant un problème difficile, il m'arrive de l'imaginer et de me demander comment il agirait à ma place.

Regrettant cette maladresse de sa part, il me confessa à son tour que depuis que Sergio lui avait parlé de ma visite, il m'avait rêvée presque chaque nuit. Un rêve prémonitoire récurrent le hantait au point que me rencontrer était devenu pour lui une obsession.

Son intuition me surprit. Il était convaincu depuis le début, avant même de me rencontrer, que nous avions quelque chose de spécial à vivre ensemble. Quelque chose de grandiose. Pure prémonition peut-être, cependant il ne s'était pas trompé.

Renato était plus disponible que Sergio, il n'avait que deux examens à représenter en seconde session, alors que Sergio en avait quatre. Par une espèce de connivence entre les deux amis, il lui céda sa place sans états d'âme apparents. Renato me proposa d'emblée de l'accompagner dans les nombreux endroits dignes d'intérêt, dont regorge la ville de Rome.

– As-tu entendu parler du Colosseo[15], le Forum, la Fontana di Trevi, Piazza Navona, Piazza di Spagna, il Vaticano ? Dans un élan passionné, il énuméra tous les sites touristiques les plus célèbres de Rome.

Prise au dépourvu, je me tournai d'un regard désorienté vers Sergio pour l'appeler à l'aide. Il me fit un signe de la tête comme pour acquiescer et me donner sa bénédiction.

Dès le début, je découvris que Renato faisait preuve d'un humour raffiné et d'un sens de la dérision impressionnant. Toutes les couches de la société italienne de l'époque étaient passées au crible, avec une prédilection pour les anecdotes qui concernaient l'Église et les politiciens. Cela sautait aux yeux qu'il exprimait des idées progressistes fortement anticléricales. Il n'hésitait pas à accuser l'Église et la

---

[15] Le Colisée.

bureaucratie italienne d'être responsables de tous les maux de son pays.

Il dirigeait un cercle d'étudiants de la faculté de droit où ils se réunissaient pour refaire le monde. Ils y discutaient des problèmes d'organisation des cours, et en même temps du fonctionnement de la société. Bien que comme lui, ils provenaient tous de la haute société, la plupart d'entre eux défendaient des idées de gauche, de justice sociale et de protection des populations pauvres. Ce qui en résulta plus tard, au moment où ils prirent eux-mêmes les rênes soit de la politique, soit des affaires, reste une inconnue. À en juger par l'état du pays, il est probable qu'ils aient regagné gentiment les sillons tracés par leurs parents.

Quant au fascisme dont l'expérience avait coûté à l'Italie une guerre avec son lot de morts et de sans-abri, il ne voulait plus en entendre parler. « Heureusement pour nous, disait-il, le ridicule ne tue pas, sinon nous aurions eu deux fois plus de morts ! ».

Un jour que nous traversions la Piazza di Venezia, il me montra le balcon central du Palazzo di Venezia d'où le Duce prononçait ses discours face au monument de calcaire blanc, érigé en l'honneur du roi Victor Emmanuele II de Savoie. Il m'indiqua avec ironie, en faisant le grand geste fasciste de lever le bras, et en s'agitant tel un pantin désarticulé, qu'ainsi parlait le Duce Mussolini !

– Pauvre Italie, qui dans son délire avait suivi le chant des sirènes, le bateau fit naufrage. Le Duce et sa maîtresse, Clara Petacci finirent par se balancer au bout d'une corde, pendus haut et court. Quant à l'Italie, tu as remarqué dans quelle situation elle se trouve aujourd'hui. Et encore, tu n'as pas vu le sud.

Je t'emmènerai dans ma région natale de Naples. Ne parlons pas de la Sicile et de la Calabre, c'est un désastre. Ces régions se sont vidées de leur population. Tous les jeunes émigrent vers le nord de la Péninsule ou à l'étranger, sur tous les continents. Les familles sont complètement disloquées et réparties partout dans le monde.

Pendant ce temps-là, l'Italie regarde impassible l'exode de ses fils qui par centaines de milliers, quittent leur patrie en destination de terres inconnues. Tu les as rencontrés en Belgique. Ils sont obligés d'accepter de descendre dans les mines insalubres, dangereuses pour la santé, afin de gagner le pain quotidien de leur nombreuse marmaille.

Pour fuir l'analphabétisme aussi, que leurs gosses aillent à l'école, apprennent un métier et réussissent à sortir de la misère.

Quel besoin avions-nous de suivre ce fou d'Hitler ? Cet illuminé se prenait pour un prophète incarnant les valeurs collectives de toute l'Allemagne, en train de ruminer la rancune de sa défaite de 1918. Elle s'était dotée d'un chef qui incarnait parfaitement l'exemple de ses complexes d'infériorité par rapport à la France et à l'Angleterre, qui possédaient plus de colonies. Notre cas à nous était différent, il s'agissait plutôt d'une soif de pouvoir d'un chefaillon mégalomane à l'ambition de puissance démesurée, qui voulait profiter de sa part du gâteau au moment où les deux autres, Hitler et Hiro-Hito, le « dieu vivant » se partageaient le monde. Le fascisme n'a su créer que des mirages, rien d'autre.

Je le regardais se mettre hors de lui, lorsqu'il discutait longuement avec passion de ces sujets qui lui tenaient à cœur. Moi, je n'y connaissais rien. J'apprenais beaucoup de ces échanges, mais je n'avais pas grand-chose à dire. Touché au plus profond de lui-même par ces injustices, il souffrait pour son peuple. Je pris conscience que son antifascisme était viscéral.

Renato était le fils aîné d'une famille d'aristocrates, les comtes de Caserta, grands propriétaires de terres de cultures d'oliviers et de vignes dans la région de Naples, dont les ancêtres avaient mis leur épée au service du roi des Deux-Siciles, et de la couronne d'Espagne. Il n'avait pas hésité à s'opposer à sa famille de manière virulente. Ses prises de position lui avaient occasionné de nombreux déboires. En réalité, il réglait ses comptes avec eux par politique interposée.

– Je suis épris de justice pour autant qu'il y en ait une sur terre. Je combats la traite d'esclaves sous toutes ses formes, vois-tu. Même si mes parents et grands-parents ont mangé de ce pain-là, moi je n'en veux pas. Je me fous des représailles que mon attitude peut engendrer avec à la clef, le déshéritement. Qu'ils les gardent leurs terres et leur château, je n'en veux pas.

– Calme-toi. Que peux-tu faire seul pour remédier à ces problèmes ? Pas grand-chose. Ce sont les gens eux-mêmes qui doivent se battre pour vivre autrement.

– Tu crois sans doute que je suis le seul intellectuel à parler de cette façon, sans compter les ouvriers ? Tu te trompes, ma chérie. Nous sommes des millions à être de cet avis. Tu t'en rendras compte au fur et à mesure que les gens vont être alphabétisés. Les enjeux politiques se joueront de moins en moins dans les églises.

Le problème, c'est que l'on continue à se payer le Vatican et sa clique toujours aussi actifs malgré les accords du Latran, la « Conciliazione », signés en 1929, qui le transforma en un état indépendant. Tu as entendu parler de cela ?

– Heu, vaguement au cours d'histoire, mais sans trop entrer dans les détails, je fréquente une école catholique.

– Malgré cela, nous nous demandons chaque jour qui dirige le pays tant il est puissant et riche. C'est le cheval de Troie qui par une dictature subtile sur les esprits, rend la situation de l'Italie encore plus dramatique surtout dans les campagnes.

Ils asseyent le système des latifondi[16] en leur donnant depuis des siècles un fondement sacré. Il n'y a pas qu'en Italie du Nord que cette exploitation existe. Ils endorment les paysans de Sicile, de Naples ou d'ailleurs, avec cette

---

[16] Régime féodal.

croyance que la domination des propriétaires terriens sur les travailleurs journaliers est une fatalité inexorable. « Le paradis n'est pas sur terre, mais dans le ciel, et les pauvres iront au paradis et les riches, en enfer ! ». Voilà tout est dit. Porca M[17].

On nous avait déjà volé notre révolution en 1870, lorsque les bourgeois du nord et les aristocrates du sud s'étaient partagé le pays. En Sicile, l'asservissement des paysans les pousse dans les bras de la mafia, dont les connexions politiques sont indubitables. Durant la Seconde Guerre mondiale, la mafia a augmenté sa puissance grâce aux Américains, qui leur ont permis de supplanter l'hégémonie séculaire de la noblesse décadente.

– Pourquoi es-tu contre la religion ? Tu ne crois en rien ?

– Qui te dit que je suis contre la religion ? Je t'en prie, ne mélange pas le fait de croire en quelque chose de transcendant et les pratiques religieuses, bigoteries, idolâtries et encore moins l'ingérence d'organisations religieuses ou autres, quelles qu'elles soient dans la politique. Je ne suis pas complètement athée. Je crois au contraire qu'il existe quelque chose d'incommensurable au-dessus de nous qui fonctionne parfaitement, et qui est en

---

[17] Insulte.

connexion avec nous. Parfois, je le sens vibrer en moi. Je crois plus en un principe divin. Je n'ose pas l'appeler Dieu parce que ce nom a été tellement souillé dans l'histoire. Il a été associé à l'Inquisition, aux guerres de Religion et aux génocides de toutes sortes. Te souviens-tu entre autres, du « God mit uns »[18] des nazis ?

Cela m'écœure rien que de me rappeler tout cela. J'entends le râle du Christ agonisant sur la croix, Jésus, le juif, et avec lui, le râle des millions de victimes tombées au nom du catholicisme. Où est donc passé son message d'amour et de pardon ?

Leurs croyances sont aberrantes. Prétendre s'approprier Dieu, il faut être fou ou débile pour y croire. Cela ne tient pas debout et pourtant la formule séduit. Alors que les commandements prônent le respect de la vie, ils n'hésitent pas à enfreindre la loi divine dans des combats sanglants.

– Les effets ont été pervers certes, mais pas complètement. Je pense au système scolaire. Les écoles religieuses sont parmi les meilleures. Des dispensaires et des soins médicaux sont organisés un peu partout par leurs congrégations. Avec un dévouement inégalé, les religieux

---

[18] En allemand, "Dieu avec nous".

apportent parfois au péril de leur vie, un soutien considérable aux populations démunies.

– Je suis d'accord avec toi. C'est vrai tout ça, mais je pense surtout au sommet de la hiérarchie, bien éloigné des problèmes de sa base et des populations. Tu vois comment notre cher Pie XII, Eugenio Pacelli n'a pas hésité à bénir les armes et à fermer les yeux sur les camps de concentration, alors qu'il en avait été informé en temps utile par des religieux en poste en Allemagne.

Lorsque je suis arrivé de ma campagne napolitaine à Rome pour m'inscrire à l'université, j'ai traversé une crise de foi. J'avais d'abord envie d'adhérer au parti communiste. J'ai fréquenté des meetings, participé à quelques luttes sociales qui ne m'ont pas satisfait complètement. Par intuition, je sentais que ce n'était pas vraiment ce que je recherchais. Ma vie était vide de sens, il y manquait un pivot.

Je critiquais la dictature sur les âmes et lorsque je regardais en direction de l'U.R.S.S, je trouvais qu'ils étaient tout aussi autoritaires si pas plus. L'attitude de Staline au début de la guerre a été pour le moins ambiguë; il n'a pas hésité à conclure un pacte avec Hitler, certes pour essayer de gagner du temps. Cela ne représentait ni plus ni moins qu'un camouflet pour les communistes allemands, chassés et enfermés dans les camps de concentration dès les années trente. Si l'on ajoute les purges qu'il a infligées à ses opposants, la vérité commence à nous être révélée, il aurait fait massacrer des centaines de milliers de personnes pour asseoir son autorité.

– Parlons-en. Tu sais que ma famille a participé aux luttes sociales des années trente, et au combat contre le franquisme et le nazisme. Elle était loin d'être religieuse.

Moi je me sens différente. Je ne suis engagée dans aucune lutte politique ou sociale. J'ai conscience qu'il existe quelque chose, comme tu dis, au-delà des apparences, qui n'a rien à voir avec les religions ni les dogmes. Je ne peux pas t'expliquer exactement, il s'agirait d'une présence invisible que je ressens à mes côtés dans les moments de découragement. Je n'en ai pas connu beaucoup parce que j'ai vécu avec mon frère, entourée de mes parents et grands-parents.

– Tu vois que nous sommes d'accord. Depuis que je me suis retiré de la politique de parti, je pense que nous avons tous, chacun à notre niveau la mission de transformer le monde. Nous ne parviendrons pas à un résultat avec des croyances qui isolent les hommes, dressés les uns contre les autres, à la recherche forcenée d'une sécurité économique ou psychologique.

J'en ai conclu que la seule voie pour changer le monde passait par la transformation de soi-même. La connaissance de soi est essentielle et on ne peut se connaître qu'en étant en relation avec les autres. Il est impossible de vivre seul, isolé. Je reviens au fameux précepte socratique « Connais-toi toi-même et tu connaîtras l'univers et ses dieux ». Les philosophes grecs n'avaient pas tort.

Nos échanges étaient interminables. Les mêmes situations nous faisaient vibrer. Nous n'étions pas d'accord sur tous les sujets abordés, d'ailleurs, il les maîtrisait beaucoup mieux que moi. Peu importe l'adhésion ou la confrontation, les conclusions ne me laissaient jamais indifférente. Elles étaient pour moi d'un intérêt didactique indubitable. J'appris à structurer ma pensée grâce à ces échanges qui contribuaient à aiguiser mon intelligence. Elle devenait petit à petit plus analytique, alors même que se développait mon intuition à son contact.

Sa technique était simple. Il m'interpellait sur un sujet, me poussait dans mes derniers retranchements. Il m'ébranlait tellement dans mes certitudes que je finissais par tout remettre en question. J'accouchais ainsi de réponses qui venaient du fond de moi-même. « C'est de là que tu dois t'efforcer de comprendre le problème, pas dans ta tête », me répétait-il souvent en posant le doigt sur mon ventre.

Ma scolarité dans une école et une université catholiques ne m'avait guère habituée à prendre du recul par rapport aux problèmes. Nous n'analysions pas beaucoup non plus. Le cours de philosophie était remplacé par le cours de religion où des dogmes nous étaient imposés. Il était impossible de discuter puisque tout était question de foi, à laquelle nous étions tenues d'adhérer sans réserve. Je l'avais appris à mes dépens le jour où je posai une question pertinente sur un sujet de l'Évangile, et que la religieuse me répondit que « la réponse était du domaine de la foi ». Affaire conclue ! Tu crois ou tu ne crois pas. Si tu doutes, c'est que tu manques de foi.

Malgré cela, j'étais enchantée de mes études dont le niveau était bien supérieur à celui des écoles de l'État, où les professeurs pourvus de la carte d'adhésion au parti politique réglementaire passaient leur temps à faire du prosélytisme auprès de leurs élèves.

VII

Dès le premier jour de notre rencontre, Renato me donna rendez-vous le soir au café Da Pietro. Il mit sur pied un programme d'excursion pour le lendemain. « Une promenade en Vespa dans la ville de Rome euphorique et mélancolique constituera un bon début », me dit-il.

Comme prévu, le lendemain matin, nous nous retrouvâmes au même endroit pour entamer la visite de cette ville immense. Il m'avoua qu'il attendait ce moment avec tant d'impatience qu'il lui avait été difficile de fermer l'œil durant la nuit. Il ne voulait rien rater des endroits les plus emblématiques. Il tenait surtout à me faire partager l'ambiance particulière qui régnait de jour comme de nuit au cœur des quartiers les plus en vogue.

Notre passage au Colisée fut bref. Tant lui que moi, nous ressentîmes des frissons compréhensibles pour les êtres sensibles que nous étions. Des milliers d'êtres humains, hommes, femmes et enfants furent massacrés et dévorés par les fauves dans cet amphithéâtre pour le simple plaisir de tyrans paranoïaques, et d'une foule sanguinaire. Lorsque je lui fis remarquer mon mal-être à cet endroit, il acquiesça.

– Je n'y suis venu qu'une seule fois depuis que j'habite à Rome. Moi aussi, j'ai des visions de spectacles horribles, j'entends les cris de la foule en délire et les rugissements des fauves. Cet épisode de notre histoire n'est pas l'un des plus brillants. Il a d'ailleurs signé la chute de l'Empire romain. Tu sais que la terre est vivante et qu'elle se souvient. Elle conserve en son sein le sang versé des victimes des massacres. De ce fait, certains endroits sont maudits. Je crois que c'est le cas de celui-ci.

– Oui, cet endroit est lugubre, partons vite.

Il me proposa ensuite de m'emmener au parc de la Villa Borghese. Après avoir remonté nonchalamment la superbe via Veneto bordée de platanes, de terrasses de café et d'hôtels luxueux, nous atteignîmes le parc.

La chaleur était accablante en ce 9 juillet, le soleil s'approchait du zénith et la luminosité du jour éblouissait mes yeux habitués à la grisaille du nord. Rares étaient les occasions de contempler un ciel bleu dans ce pays noir, où les terrils étaient comme des montagnes. Le plafond était toujours si bas qu'il semblait parfois être sur le point de nous tomber sur la tête.

« Villa Borghese », ne cessais-je de me répéter. Ce nom évoquait quelque chose pour moi, mais quoi ? L'histoire des cardinaux évidemment ! L'emblème de cette famille, l'aigle et le dragon, arbore l'entrée principale du parc.

J'avais entendu parler de ce parc célèbre. L'idée de m'y promener en si charmante compagnie me remplissait d'émotions, tandis que mon esprit se lançait dans des efforts d'imagination pour essayer de me représenter cet endroit romantique.

J'avais surtout peur d'être déçue en le visualisant d'une certaine façon, alors que je le découvrirais tout autrement. Cette lutte intérieure m'épuisa d'autant plus que la chaleur était peu propice à la réflexion. Je résolus de lâcher-prise et d'accueillir ce qui se présenterait devant mes yeux.

Nous arrivâmes devant l'entrée principale. Renato me prit par la main pour traverser les allées sinueuses et les petits bosquets du parc très fréquenté à cette heure par une foule, à la recherche d'un coin d'ombre sous les branches des arbres centenaires. Nous descendîmes une allée bordée de cyprès qui débouchait sur une esplanade où une fontaine rafraîchissait l'atmosphère.

De cet endroit, la vue sur Rome était majestueuse. Je contemplai émerveillée ce paysage de verdure et en contrebas, cette architecture millénaire, témoin de la grandeur d'une civilisation qui domina le monde connu de l'époque.

L'Empire romain rayonnait comme un phare sur les peuples vaincus. La Pax Romana régnait sur les territoires conquis d'Occident et d'Orient. Les Romains furent de grands bâtisseurs, des ingénieurs de génie qui exportèrent leurs techniques de construction de routes et d'aqueducs jusque dans les moindres recoins de l'Empire.

Certains empereurs devinrent protecteurs des arts et de la culture ou philosophes, tandis que d'autres se rendirent tristement célèbres par leurs excentricités, leur folie voire leur cruauté. Ainsi la ville de Rome ne fut-elle pas incendiée par l'empereur Néron ?

Ce géant de papier comme tant d'autres implosa, miné par la corruption, la luxure et le relâchement des mœurs. La classe politique corrompue, à la solde d'un empereur dément regardait jeter les esclaves dans les griffes des fauves. Un peuple d'assistés bestial croupissait dans l'oisiveté en réclamant du pain et des jeux. Comme toute œuvre à caractère humain, telles étaient les deux faces d'une même pièce qui représentait l'Empire romain.

Les bras de Renato m'arrachèrent soudain à ma régression dans le passé pour me ramener dans le présent. Son charme était irrésistible. Il était d'une beauté intérieure qui conférait à son physique une noblesse incomparable, une luminosité éclatante où chaque trait de son visage hiératique était symétrique. Ses yeux étincelaient, j'avais de la peine à soutenir son regard qui me pénétrait. Sa peau d'un brun cuivré exhalait un parfum naturel fleuri avec une saveur épicée qui rappelait les plats de sa terre natale. Tandis que son visage s'approchait lentement du mien, il m'embrassa tendrement, longuement. Il m'est impossible de préciser la durée de ce baiser. Qu'importait le temps, je cédai et m'abandonnai sans résistance à l'attraction de son corps et aux sensations nouvelles que me procurait ce contact.

Ce premier baiser dans le parc de la Villa Borghese scella nos vies. Je me sentais liée à lui avec la sensation que rien ni personne ne pourrait nous séparer. Sa présence énergétique m'accompagna le reste de mon existence. Chaque fois que je le désire, je le sens à mes côtés pour m'assurer de son soutien dans tout ce que j'entreprends. Je ne connais pas de sensation de vide. Cet amour continue à me remplir à chaque instant. Je suis lui et il est moi.

VIII

Mon entretien avec monsieur Bertuzzi ne dura que quelques minutes. Sa proposition de me permettre de suivre les cours de vacances organisés pour les élèves de première année de littérature italienne ne m'enchanta guère. M'asseoir sur les bancs d'une classe durant cette période et par cette chaleur étouffante, ne présentait aucun intérêt pour moi.

Je préférais de loin les cours particuliers que me donnait Renato en pleine nature dans les innombrables parcs que comptait la ville de Rome. Ma pratique de la langue italienne s'améliorait de jour en jour. Ne dit-on pas que la mémoire est affective ?

Les visites des sites archéologiques constituaient autant d'attraits pour mon esprit rêveur, toujours prêt à se projeter des siècles en arrière, et à imaginer la vie de ce peuple dans l'Antiquité ou durant la période magique de la Renaissance.

Ce Florentin aux tempes grisonnantes parlait sur le ton d'un orateur, avec un accent chantant qui réjouissait mes oreilles. J'étais comme envoûtée par la douceur de sa voix et ses intonations. Je me laissais bercer par la musicalité de cette langue mélodieuse idéale pour la poésie, la musique et l'amour.

Je trouvai un prétexte pour lui signaler que sa proposition m'intéressait, sans pour autant être en mesure de lui donner une réponse immédiate. Je devais y réfléchir, je lui promis de l'informer de ma décision d'ici quelques jours.

J'avais envie de m'écarter un peu de Renato afin de lui permettre d'étudier chaque matin, mais le cœur n'y était pas. Je préférais passer mes journées avec lui.

Et curieusement, malgré sa priorité du moment, terminer à tout prix ses études de droit, il ressentait lui aussi un besoin irrésistible de passer des heures en ma compagnie plutôt que de se concentrer sur ses cours.

Durant quatre années, il s'était investi au maximum pour atteindre ses objectifs. À présent, une belle carrière de docteur en droit se profilait à l'horizon. Le cabinet d'avocats le plus important de Bologne, Negroni & Palazzo avait pris contact avec lui quelques semaines auparavant. Maître Negroni, avocat célèbre en Italie lui avait proposé d'exercer dans son cabinet. Il engagerait ce brillant élève dès qu'il serait en possession de son diplôme.

Il fut convenu que Renato se rendrait à Bologne en septembre, après avoir réussi ses deux examens, et obtenu son diplôme. Il y discuterait des modalités de son contrat et s'inscrirait au barreau de cette ville. Une nouvelle vie commencerait pour lui loin de Rome et surtout de Naples.

En réalité, contrairement à Sergio, les deux examens à repasser n'étaient qu'une pure formalité, un prétexte invoqué pour passer l'été à Rome, loin du domaine familial de Caserta.

En marchant le long de la via dei Fori Imperiali qui mène du quartier du Colisée au Forum impérial, je pensais au lendemain. Prudente, je lui demandai de me tenir à l'écart de ses projets les plus intimes, afin de m'éviter toute déception ultérieure. Je remarquai pourtant que bien souvent il m'associait à ceux-ci, et qu'il parlait toujours du futur en utilisant le pronom nous. Était-ce pour me faire plaisir ou était-il convaincu en si peu de temps, que nous allions un jour vivre ensemble ?

De mon côté, je trouvai que c'était un peu prématuré. Ces idées se bousculaient dans ma tête et m'empêchaient d'occuper la place que le destin m'avait réservée. C'était un mirage que de considérer qu'il avait fallu parcourir presque deux bons milliers de kilomètres pour rencontrer l'homme de ma vie.

Dans quelques semaines, le beau conte de fées allait se terminer et je serais obligée de mettre le cap sur le nord dans le froid et la grisaille, non sans enterrer cette relation restée secrète aux yeux des parents. Cela vaudrait mieux pour tout le monde.

À mon retour, je préparerais la prochaine rentrée académique. Je me réinstallerais à Louvain dans la monotonie la plus totale. Je continuerais à remonter chaque jour, mes livres sous le bras, la rue pavée de gros moellons, la Dekenstraat, qui séparait ma chambre dans une pédagogie tenue par des religieuses, de la faculté. Système de logement obligatoire pour les rares jeunes filles qui fréquentaient l'université à cette époque.

Quant à Renato, il se rendrait chaque matin à son cabinet de Bologne et au palais de justice en s'efforçant de m'oublier. Qu'y avait-il de mieux à faire que d'interrompre la correspondance dès mon retour, étant donné que tout contribuait à nous séparer ? La distance géographique, la classe sociale. Cette question m'angoissa. J'eus l'impression d'avoir avalé une brique impossible à digérer, mon estomac me fit terriblement mal.

Je pensai aussitôt aux propositions d'autres garçons qui ne manqueraient pas d'affluer. À l'université, les filles étaient minoritaires, nous avions un large éventail de possibilités qui s'offrait à nous. Je dirais même que nous avions l'embarras du choix et pourtant, je n'avais jusqu'ici ressenti de sentiment particulier pour aucun d'entre eux.

Concentrée exclusivement sur mes livres, je ne m'étais jamais attardée à vivre une quelconque amourette. Aux dires de mes amies proches, je ne vivais pas. « Pourquoi ? Vivre, c'est tomber amoureuse toutes les semaines d'un garçon différent ? », leur avais-je fait remarquer. Avais-je besoin d'éprouver constamment la montée du taux d'adrénaline, caractéristique de ces émotions fortes provoquées par l'état amoureux ?

J'avais trouvé un excellent moyen de sublimer cet état en plongeant corps et âme dans les versions de Sénèque. Ou mieux, en piochant sur quelques textes hermétiques que le philosophe Platon avait coutume de m'offrir sur un plateau d'argent, au point que mes compagnes de classe m'avaient surnommée « Platone », la réincarnation de Platon.

J'étais prête à découvrir à tout moment le sens caché de la pensée de ce grand maître qui sans nul doute, avait eu des contacts avec l'Orient. Je m'imprégnais de sa philosophie sans jamais éprouver la moindre fatigue.

Ma vie en Italie était bien différente. Pour la première fois, j'avais quitté ma famille. Je réussissais à mettre à l'écart mes rencontres passionnées avec Sénèque, Platon et même Dante pour vivre quelque chose de plus concret, de plus palpable avec ce bel Italien. Au fond, qu'est-ce que j'étais en train de vivre ? Je ne le saurais jamais.

Chaque fois que quelqu'un essayait de coller une étiquette sur notre relation, j'avais l'impression qu'on allait la dénaturer, je me rebiffais. Les événements importants de notre vie sont à vivre et non pas à commenter. Celui-ci fut déterminant dans la mienne. Je refusais le mot « idylle » qui me paraissait trop léger et de nature passagère. « Histoire d'amour » me laissait un goût d'amer parce qu'il évoquait le passé, une affaire consumée, terminée. Or cette « chose-là », je la vivrais toujours dans le présent, dans l'instant et même dans l'éternité.

Mon mental produisait des divagations à n'en plus finir, j'en fus honteuse. N'était-ce pas être infidèle à Renato que d'imaginer que nos sentiments n'étaient que passagers, et vécus grâce aux circonstances favorables telles que vacances, solitude, farniente et qu'en définitive, dès la fin de l'été, nous serions capables de briser ce rêve merveilleux pour passer sans remords à d'autres occupations ? Cette pensée me coupa les jambes, je dus m'arrêter en montant les escaliers qui menaient à la place du Capitole.

Arrivée à cet endroit, j'eus tout à coup l'impression d'entendre le bruit assourdissant des oies du Capitole qui réveillèrent la garnison romaine, et empêchèrent ainsi les Gaulois de s'emparer de la ville durant le sommeil de ses habitants.

L'étude de cet épisode de l'histoire m'avait impressionnée et m'avait fait beaucoup rire aussi. Une ville sauvée du carnage par de simples volatiles. Ce phénomène pouvait être considéré comme miraculeux quoi qu'on en dise, et surtout riche en enseignements.

De l'esplanade, je jetai un regard furtif sur le forum républicain qui s'étendait en contrebas. À gauche, l'entrée de la Curie romaine où entre autres, Cicéron avait prononcé son fameux réquisitoire contre Catilina : « Jusques à quand Catilina, abuseras-tu, enfin, de notre patience ? Combien de temps encore serons-nous le jouet de ta fureur ? Où s'arrêteront les emportements de ton audace effrénée ? ». Quelle puissance ! Quelle emphase dans la voix de ce tribun qui résonnait encore dans mes oreilles ! La traduction de cette version latine m'avait donné la chair de poule, le summum de la jouissance intellectuelle.

À cette heure, les touristes indécents piétinaient par centaines les moindres recoins de ce lieu mythique, où bien des décisions avaient été prises concernant le fonctionnement de la cité. Leur fébrilité contrastait avec la nonchalance des ruines des temples et des maisons patriciennes qui gisent sur les pelouses hirsutes envahies par les chats. Personnages pittoresques que ces chats romains, ils ajoutent une touche particulière au tableau surréaliste de ces ruines.

Ils errent par milliers dans la ville, nourris grâce à la générosité des Romains alors que durant la guerre, ils étaient devenus une race en voie de disparition. Leur saveur particulière qui ressemble quelque peu à la viande de lapin, en avait fait un mets de choix pour les moribonds affamés qui déambulaient dans les rues.

J'ignore la raison, mais le simple fait d'apercevoir l'un de ces félins me tranquillise et les battements de mon cœur s'apaisent. J'en oubliai les motifs pour lesquels je m'étais arrêtée sur cette esplanade, alors que Renato m'attendait comme convenu sur la place du Capitole devant la statue de l'empereur Marc-Aurèle.

J'avais des raisons d'avoir honte à me laisser aller ainsi à imaginer qu'il suffisait de nous éloigner pour tourner la page, et consumer le sentiment noble qui nous unissait aujourd'hui. J'eus beau mettre ces idées sur le compte de mon pessimisme habituel, fidèle au dicton : « Après le ciel bleu vient l'orage. », je n'en étais pas très fière.

Je me rendais compte que je conditionnais mon existence de manière négative en fonctionnant avec ces schémas. Ce sont de tels aphorismes qui peuvent ruiner toute une vie ! Est-il interdit de se construire chaque jour une vie heureuse malgré les contretemps ? Pourquoi accepter la croyance que des moments malheureux succèdent automatiquement aux moments heureux ?

Renato s'était déjà heurté à mon mode de pensée et m'avait fait des remarques à ce sujet. Je proclamais à qui voulait bien l'entendre que j'étais une jeune fille libre, alors que dans la pratique, je me rendais moi-même prisonnière d'une foule d'interdictions que je vivais comme telles. Je me découvris plusieurs paradoxes qui n'étaient que les différentes facettes d'une seule et même personnalité.

Lui semblait être plus logique dans son comportement. Nous étions amoureux, fous de bonheur depuis deux semaines, il n'y avait aucune raison que cela s'arrête. La distance ne constituait pas un prétexte pour rompre notre relation, le reste non plus d'ailleurs. Nous allions nous écrire, peu importait le temps que mettrait le courrier à parcourir la distance entre l'Italie et la Belgique. Avec ses premiers honoraires, il équiperait un modeste appartement à Bologne.

Il avait l'intention de se rendre en Belgique à la fin de cette année. Nous passerions ensemble les fêtes de Natale et de Capodanno[19]. Il profiterait de son séjour pour consolider notre engagement. Ceci se ferait durant une petite fête organisée pour nos amis proches, durant laquelle suivant l'usage, auraient lieu la demande en mariage à mes parents et la remise de la bague de fiançailles.

En tout bien tout honneur, il se présenterait rempli de cadeaux. Qui sait peut-être avec Sergio Giordano, pourquoi pas ? Ils en avaient déjà discuté ensemble. L'introduction se ferait plus facilement par l'intermédiaire du cousin des parents de Sergio, le père de Gemma qui ne serait pas étonné puisque sa femme, Donna Maria m'avait prédit un jour que je tomberais amoureuse d'un bel Italien. Mes parents n'allaient tout de même pas refuser une proposition aussi alléchante avec un si « beau parti ». Le souci des familles

---

[19] Fêtes de Noël et du Nouvel An.

n'était-il pas de marier leur fille sans tarder à un homme de bonne extraction ? La date du mariage serait fixée de commun accord aux prochaines vacances d'été, c'est-à-dire dans un an.

Qu'adviendrait-il de ma dernière année d'études, celle qui suivrait notre mariage ? Aucun problème, il avait tout prévu. Nous continuerions durant un an nos allers-retours au moment des vacances scolaires. Une fois mon diplôme obtenu, plus rien ne m'empêcherait de rejoindre mon mari à Bologne. Je trouverais rapidement un poste de professeur de français et de latin dans un collège.

La facilité avec laquelle il concevait ses projets m'impressionnait. Contrairement à lui, mes tergiversations, mes hésitations et mes doutes finissaient par m'enlever l'envie d'aller jusqu'au bout de mes idées. À chaque étape, je n'y voyais que des entraves. À la fin, tout finissait par n'être qu'entraves !

Ceci dit, il avait peint en un tour de main le tableau de nos fiançailles dans un pur esprit « petit-bourgeois », en respectant scrupuleusement les usages dont il aimait souvent se moquer, lui, « l'Aristocrate napolitain déchu », tel qu'il se proclamait ironique dans ses moments de grande révolte.

Comment pouvait-il en être autrement après les camouflets successifs infligés au pater familias[20] ? Il avait renoncé à s'occuper de la direction du château familial et de l'exploitation des terres, alors qu'il était le fils aîné. Il s'en alla à Rome pour entamer des études de droit. Il se disait défenseur des ouvriers et des petits paysans réduits en esclavage par les propriétaires terriens.

La réaction ne s'était pas fait attendre, on lui coupa les vivres et ce n'était qu'un moindre mal. Sans l'intervention d'un oncle paternel, il aurait été complètement déshérité. Et il n'était pas hors de danger. Qu'allait-il se passer lorsque ses parents apprendraient qu'il avait l'intention d'épouser une étrangère, fille d'un simple commerçant dont la famille avait combattu dans les rangs des Républicains espagnols durant la guerre civile ?

Ils allaient sûrement le renier pour toujours. Il était intolérable pour un descendant d'une si noble lignée qui comptait dans ses rangs, un chevalier de l'ordre de Malte, un député et même un Pape, de descendre aussi bas !

« Je me moque du monde entier. Style « petit-bourgeois » ou pas. Il faut bien s'adapter à son public », disait-il de

---

[20] Père de famille en latin.

manière cynique. « Cela me paraît moins difficile que de vouvoyer mes parents.

Pour t'avoir à mes côtés, que n'accepterais-je pas de faire comme concessions ? Un pèlerinage à genoux à Lourdes. Et même demander une audience au Pape, l'implorer qu'il accède en mon nom auprès de tes parents. Leur refus m'achèverait là, sur place. Alors, jouons le rôle d'un petit bourgeois, s'il le faut. Ti amo, Fiorella mia. Ti amo Yvonne. Ho bisogno di te, capito ? Ma basta adesso andiamo ! »[21]

Il avait beau être sûr de lui, moi, ces fiançailles m'angoissaient en imaginant la réaction négative de mes parents et le refus des siens. Le cocon dans lequel je vivais m'étouffait quelquefois. Voilà plus de cinq ans que ma mère et ma grand-mère préparaient mon trousseau de mariage. En prime, elles s'étaient mis en tête de me chercher elles-mêmes un parti intéressant. De plus, il était exclu que je travaille après mon mariage. Mon diplôme ne devait servir qu'à le monnayer, de préférence avec quelqu'un de notre région. Pour elles, l'Italie, c'était le bout du monde.

---

[21] Je t'aime, ma petite fleur. Je t'aime, Yvonne. J'ai besoin de toi, tu comprends ? Mais ça suffit maintenant, allons-y !

Je mesure aujourd'hui le courage dont il aura fallu m'armer le jour où je changerais mes plans. Au moment où je leur annonçai ma décision de quitter la faculté des lettres de l'Université catholique de Louvain, pour entamer un doctorat en droit à l'Université libre de Bruxelles durant quatre ans de plus, elles crurent à un vilain coup de chaleur.

Le tout-puissant docteur Dupuis fut appelé à la rescousse. Malheureusement pour elles, après avoir parlé en tête à tête avec moi, il constata que j'étais saine d'esprit et il tira la conclusion que j'étais capable d'assumer mes décisions. Le diagnostic fut établi, « cette enfant a besoin d'air. Qu'on la laisse respirer si l'on ne veut pas qu'elle devienne asthmatique ».

Ma grand-mère, qui ne pouvait même pas imaginer qu'une fille poursuive des études secondaires, fit une crise d'hypertension en signe de représailles et frôla la congestion cérébrale. Peine perdue. Avec son caractère obtus, l'avis du docteur Dupuis faisait office de verdict sans appel.

Le comble serait atteint le jour où, je refuserais la demande de consolider notre relation émanant de ce cher Rodolphe issu d'une famille de commerçants lui aussi.

J'avais fait sa connaissance à un bal d'ingénieurs, où ma mère m'avait presque traînée de force pour essayer de rencontrer un « beau parti ». Il s'était gentiment rapproché de moi. En marge de la scène, nous avions discuté de philosophie toute la soirée. Pour une sortie, ce fut une sortie. Je n'avais pas quitté la chaise pour danser une seule fois.

Restés en contact épistolaire, nous nous étions revus quelquefois. Mal lui en prit, peu de temps après, il décida sans me consulter, de se présenter chez moi pour entamer une première démarche. Avant même d'avoir terminé sa phrase, j'opposai un non catégorique à sa proposition de nous fréquenter de manière plus sérieuse.

Devant la réaction hystérique de ma grand-mère à la suite de ce refus, je m'étais enfuie de la maison. Je marchai durant toute la nuit jusqu'au petit matin. Les heures me parurent interminables, je m'effondrai épuisée dans les bras de mon grand-père parti à ma recherche. Une fois n'est pas coutume, il réussit à s'imposer à sa femme et à sa fille en les priant « de me foutre la paix et d'accepter mon refus de me fiancer ». L'affaire fut close.

Quant à mon père, il était resté absent de tout ce remue-ménage. Le moment était mal choisi, il s'était produit lors d'un concert de son chanteur préféré, Tino Rossi, retransmis à la radio. Durant deux heures, il était littéralement envoûté : « Marinella, ah… reste encore dans mes bras, avec toi, je veux jusqu'au jour danser cette rumba d'amour… », l'entendait-on fredonner. Après cela, euphorique il avait eu tout le loisir de relativiser la gravité de cette situation.

Néanmoins, au moment de nos retrouvailles, à son regard, j'avais pu constater à la fois, sa désapprobation de l'insistance malsaine de sa femme et de sa belle-mère, et son désaccord avec ma conduite, entre autres, ma fuite en pleine nuit qui, quoi qu'on en dise, était quelque peu un acte de désespoir profond.

Mon frère Jean qui effectuait son service militaire ne fut même pas informé de mes péripéties tant ce sujet était devenu tabou à la maison. Je suis certaine qu'il m'aurait soutenue dans mon combat contre cette tutelle omnipotente, transmise de génération en génération par les femmes de mon clan.

Dans cette nouvelle forme de résistance que je testais, je sentais qu'il y avait du Renato en moi. J'avais la sensation que je venais d'incorporer son esprit frondeur et indépendant, afin de revendiquer le droit de diriger ma vie.

Je voyais tomber à mes pieds, la dépouille d'une fille jeune déjà toute fripée qui en quelques semaines, avait fait un bond en avant de plusieurs dizaines d'années. Sa carcasse sans vie gisait à même le sol, tandis qu'une autre silhouette d'un air triomphant se tenait debout, à ses côtés. Elle observait le cadavre sans sentiment particulier, d'un regard neutre avec cette conviction qu'elle avait entamé un chemin de non-retour. « Alea jacta est[22] !» Le Rubicon[23] venait d'être franchi.

À partir de là, plus rien ni personne ne réussirait à s'opposer à mes projets, aussi farfelus qu'ils puissent paraître aux yeux du commun des mortels. Je continuais à respecter les autres, mais je faisais preuve d'un pouvoir de conviction inébranlable dont je me servis souvent pour gagner de nombreux procès, comme l'aurait fait Renato, je suppose.

Mes confrères ne tardèrent pas à me redouter. Chose regrettable parce qu'au fond, cette attitude est à la portée de tout un chacun, à condition qu'il accepte de mettre toutes les chances de son côté. Les vents favorables tournent et le poussent dans le dos sans que rien ne puisse l'empêcher d'atteindre ses objectifs.

Le dénominateur commun de tout ce que j'entrepris dans ma vie privée et dans ma profession, fut la sacralisation de

---

[22] En latin, "Le sort en est jeté !" dixit Jules César.
[23] Fleuve romain.

mes actes. Je découvris que rien de grand ne se faisait sans enthousiasme au sens étymologique du terme.

Je m'engageai à mener une vie créative afin de diminuer mon potentiel de destruction. Je m'étais enlisée dans les eaux marécageuses de la souffrance qui avait provoqué un énorme chaos en moi. Les douleurs physiques étaient apparues alors, symbolisant une sorte de résistance au flux de la vie. Lorsqu'elles devinrent insupportables, je décidai de lâcher prise et de permettre ainsi aux forces antagonistes qui me traversaient de s'organiser.

Cette manière d'agir m'ouvrait chaque jour à un potentiel de créativité inestimable. Dans chacun de mes actes, je m'imaginai recréer le monde dont je n'étais moi-même que l'un de ses composants. Je donnai un sens à mon travail et par là, à mon existence.

IX

Une fois passée ma crise de tachycardie due à l'émotion, je repris la montée de la rampe et atteignis la place du Capitole avec une heure de retard. J'aperçus Renato nerveux en train de rugir comme un lion en cage au pied de la statue de l'empereur Marc-Aurèle, le philosophe stoïcien.

– Alors, d'où viens-tu ? m'adressa-t-il d'un air excédé. (Il jeta un coup d'œil sur sa montre. C'est pas vrai). Plus d'une heure de retard. Yvonne, tu ne te rends pas compte que les amis nous attendent à la Piazza Navona. Vraiment, tu exagères, tu n'as aucune notion du temps.

De plus, je suis fou d'inquiétude, avec tous ces rapaces qui s'attaquent aux belles étrangères. Dès que tu es en retard, et tu l'es souvent, je me pose des tas de questions sur ce qui a bien pu t'arriver. Je t'interdis de parler à qui que ce soit, surtout aux hommes ! Tu es pour moi tout seul, surenchérit-il.

Il parlait comme une machine à paroles, il était visiblement fâché. Énervée moi aussi, j'avais de la peine à le suivre.

– Et alors ? Ne te gêne pas pour me parler sur ce ton. Pour qui te prends-tu ? Qu'est-ce que ça veut dire : « tu es pour moi seul » ? Serais-je un objet que tu as l'impression de posséder ? Tu es jaloux, macho italien ! Je refuse de t'obéir, j'ai le droit de parler à qui je veux, quand même. Non, mais, pour qui te prends-tu ?

En tout cas, nous commençons bien, si tu te mets dans de tels états chaque fois que j'ai quelques minutes de retard. Tu t'imagines que je suis écervelée au point de suivre n'importe qui ? Crois-tu que je sois la seule étrangère à Rome, et que c'est justement moi qu'on va enlever ?

Ses yeux de braise me regardaient fixement, ses lèvres tremblaient de rage. Il ressemblait à un fauve prêt à bondir sur sa proie. Il était vraiment très fâché que j'ose lui tenir tête, et lui parler sur ce ton. Chose inhabituelle, car jusque-là, nous nous étions adressés gentiment l'un à l'autre. Le ton montait parfois dans des discussions passionnées, mais ceci constituait notre première dispute.

– Quoi, quelques minutes de retard ? Tu te moques de moi, en plus. Mademoiselle se fout de mon inquiétude, c'est très bien. Imagine-toi que pas plus tard qu'hier, le cadavre d'une jeune Américaine a été retiré du Tibre, où on l'avait jeté après l'avoir violée et assassinée. La police enquête, mais mieux vaut chercher une aiguille dans une botte de foin. Que le meurtrier soit italien ou touriste, il est sûrement déjà loin.

Alors, je te le répète, sois prudente, ne parle à personne. Et puis tu es ma femme. Je ne veux pas que mes amis te voient en compagnie d'un autre homme. J'aurais l'air de quoi, moi ? Cornuto, mamma mia ![24] Nous à Naples et dans le Mezzogiorno[25], nous considérons l'infidélité comme un crime insupportable que nous avons l'habitude de laver dans le sang.

– Non, mais, j'hallucine ou quoi ? Primo, je ne suis pas ta femme. Secundo, je te répète que je parle à qui je veux sans que je n'aie l'intention de te cocufier pour autant. Pour qui me prends-tu ? Pour une femme de petite vertu, ma parole. De plus, je n'en ai que faire que tes amis me voient. Qu'ils

---

[24] Cocu, oh ma mère !
[25] Le sud de l'Italie.

pensent ce qu'ils veulent. Je n'ai pas de comptes à leur rendre, à toi non plus d'ailleurs.

Quel petit esprit ! Tu prends les femmes pour tes possessions. En ce qui me concerne, ce type de relation ne m'intéresse pas. Qu'est-ce que ce sera dans dix ans si je commets l'erreur de me marier avec toi ? Quelle mentalité ! Tu viens de me montrer ton vrai visage. Tu vois qu'il ne sert à rien de chasser le naturel, il revient au galop. Voilà une bonne occasion de te connaître réellement. Pour peu, je m'y laissais prendre à ta comédie du grand amour.

En plus, bravo pour un futur avocat, tu considères l'adultère comme un crime que tu veux laver dans le sang. Au lieu d'imaginer toutes ces stupidités qui font preuve d'amour-propre plutôt que d'amour, pourquoi ne t'es-tu pas demandé si je n'avais pas pu être retardée quelque part ou si je n'avais pas eu un malaise à cause de la chaleur ?

– Eh bien justement, j'ai pensé à ça aussi, que tu aurais pu avoir un malaise. Si tu n'étais pas arrivée, j'aurais fait le tour des hôpitaux pour commencer.

– Si je suis souvent en retard, c'est parce que je ne m'oriente pas très bien à Rome, il m'arrive de me perdre dans cette grande ville. Alors, cesse de me houspiller, veux-tu, je ne suis pas ton chien.

– Basta[26], suis-moi et dépêchons-nous, j'ai horreur de faire attendre mes amis.

Nous redescendîmes les escaliers de l'allée principale de la place du Capitole. Je montai à l'arrière de sa Vespa, il accéléra en direction de la piazza di Venezia et de la via del Corso. La circulation était toujours très dense à cet endroit.

En règle générale, il fallait faire preuve d'un sacré courage pour traverser les rues à Rome. Je me suis souvent demandé comment les morts ne se ramassaient pas à la pelle. Les conducteurs ne s'arrêtent pas pour les piétons, à eux de s'arranger pour se faufiler entre les voitures. Je retenais mon souffle et me disais souvent qu'il devait exister un saint qui protégeait les piétons romains.

À notre arrivée à la piazza Navona, nos amis nous attendaient à la terrasse du café situé en face de la fontaine de Neptune. Nous fûmes longuement applaudis et chahutés par des sifflements. Renato n'arborait pas sa tête des beaux jours.

Nous avions projeté de partir tous ensemble à la côte pour profiter d'une journée de plage. Nous avions convenu de nous mettre en route le plus tôt possible. Ils nous dirent qu'il

---

[26] Assez.

était inutile de nous presser, Sergio inquiet était parti à notre recherche chez le professeur Bertuzzi. À défaut de nous rencontrer, il reviendrait ici, au lieu de rassemblement.

J'étais gênée d'être responsable de ce retard. Je hochai la tête en saluant de loin. Un peu fatiguée par l'énervement et les émotions provoquées par l'algarade qui venait d'avoir lieu, je pris la décision de m'asseoir.

Renato serra la main de tout le monde, ils étaient une vingtaine au moins, de nombreux visages m'étaient encore inconnus. Une superbe fille aux allures de vamp, avec un décolleté plongeant qui laissait apparaître une poitrine généreuse, s'avança vers lui et l'embrassa sur la bouche.

Échaudée par la dispute que nous venions d'avoir à cause de sa jalousie, j'eus l'impression de vivre un cauchemar. Je retins un instant ma respiration et sentis mes joues rougir. La colère monta tout à coup. Je me sentais trahie, ridicule, humiliée devant tous ces gens qui ne paraissaient pas étonnés de cette marque d'affection particulière que lui témoignait cette hétaïre de prisunic.

Sans attendre une seconde de plus, je jugeai que ma place n'était plus aux côtés d'un tel traître, qui ne valait même pas la peine qu'on lui accordât la moindre importance en provoquant une scène de jalousie. Hypocrite, tartufe ! Ce serait trop beau pour toi que je te fasse un scandale devant tes amis, me dis-je. Sans compter sa Messaline qui ne manquerait pas de riposter en m'apostrophant, moi la stupide étrangère qui venait de débarquer. La honte m'étouffait. Il ne faisait aucun doute que cette fille était son amie intime sinon, comment se permettrait-elle de l'embrasser si goulûment ?

Je pris le parti de m'enfuir. Sans demander mon reste, je quittai la terrasse en courant et m'enfonçai dans les ruelles étroites si nombreuses dans ce vieux quartier.

Je courais, courais si vite que je sentais mon cœur battre dans ma poitrine. Je me retournai après quelques minutes pour voir s'il m'avait suivie. Non, j'avais réussi à le distancer ou peut-être n'avait-il pas osé devant cette fille, se lancer à ma poursuite.

J'avais emprunté n'importe quel chemin de sorte que je m'étais perdue. Je continuai à marcher tout droit dans la même direction jusqu'à ce que je reconnaisse une rue ou une place déjà fréquentée auparavant. Je regardais tout, mais je ne voyais rien. Je ne pouvais plus avancer, mes jambes refusaient de me porter. Je décidai de me reposer là, à cet endroit, Dieu sait où j'étais. Je levai la tête et m'aperçus que j'étais à quelques mètres de la fontaine de Trevi. Je m'écroulai en pleurs, effondrée sur le petit muret qui entoure le bassin.

La première fois que j'avais découvert cet endroit féerique, les circonstances étaient bien différentes. Renato me tenait dans ses bras. Grand amateur d'art, il me dispensait, comme à son habitude, moult explications sur ce chef-d'œuvre de Niccolo Salvi.

Adossée au palazzo Poli[27], cette œuvre monumentale rappelle celle du Bernin, le prince de la Rome baroque et l'un des principaux créateurs du XVIIe siècle. Aussi célèbre que Michel-Ange, il collabora à modeler le paysage romain pour en faire « le plus grand théâtre du monde », comme il aimait à le souligner à son ami, le poète Testi.

Nous avions fait le sacrifice de la pièce jetée dans l'eau du bassin en lui tournant le dos comme des millions de visiteurs avant nous, gage d'un retour à Rome.

Aujourd'hui, la situation était des plus moroses. Je découvrais le paysage avec d'autres yeux. Après la Rome euphorique, je faisais connaissance avec la Rome mélancolique. J'éclatai en sanglots et pleurai toutes les larmes de mon corps. Mes illusions de jeune oie stupide

---

[27] Palais Poli.

s'envolaient dans un baiser maudit. Comment pouvait-il en être autrement ?

Malgré ses déclarations fiévreuses, il osait me tromper dès le début. Qu'en serait-il dès mon retour en Belgique ? J'aurais dû me douter qu'il ne s'agissait que d'un simple flirt avec la seule intention de me séduire. Sinon comment aurait-il pu tomber amoureux si rapidement ?

Je n'étais pas fière d'avoir été aussi naïve. Heureusement, j'avais refusé de l'accompagner chez lui, il m'aurait peut-être forcée à avoir des relations intimes avec lui. Alors le désastre aurait été encore plus grand. Qui accepterait encore de m'épouser si je devais avouer à un jeune homme que je n'étais plus vierge ? Je n'avais plus qu'à entrer dans les ordres, ce qui représenterait le comble pour une famille aussi anticléricale que la mienne.

Malgré l'envie folle d'être seule avec lui, j'avais tenu bon face à ce Casanova et aujourd'hui, je ne le regrettais pas, je pouvais encore marcher la tête haute.

Ou bien, une autre solution aurait été de me noyer dans le Tibre ici, tout de suite. À l'idée de provoquer d'énormes problèmes à la famille Giordano, je renonçais à mon projet de suicide. Et puis, qu'en serait-il de ma famille restée en Belgique ?

Au fur et à mesure que ce flot d'idées envahissait mon esprit, je ne ressentais plus que de la rage. Où étaient passés mes beaux sentiments pour lui ? Ils s'étaient métamorphosés en mépris. Je me surprenais à le haïr ou plutôt à me détester de l'avoir aimé. Quelle versatilité incroyable !

Des sentiments confus m'envahissaient, je n'avais aucune envie de quoi que ce soit sinon d'être seule. Je souffrais sans savoir précisément pourquoi, je souffrais partout dans mon corps. J'étais soudain remplie de courbatures.

S'il s'aventurait encore à s'approcher de moi, je le giflerais, je le grifferais comme une chatte jusqu'à ce que son visage soit réduit en lambeaux de chair.

En pensant le défigurer, me vint à l'esprit cet air connu de la chanteuse Lucienne Delyle, « Judas », que je commençai à fredonner. Les mots prenaient toute leur signification. Arrête, me dis-je, c'est insupportable. C'est un culte à l'autodestruction que tu voues.

Je recommençai à sangloter de plus en plus fort. Les badauds qui traînaient à cette heure me regardaient les yeux écarquillés se demandant les raisons qui provoquaient un si grand chagrin. Un jeune homme s'approcha de moi et m'adressa ces paroles en anglais :

– What's the matter, love ? Anything wrong ?[28]

– No, nothing, thank you. Everything all right[29], grommelai-je en boudant, visiblement dérangée par la question.

– Do you need any help ?[30]

– No, thank you. I don't want anything, leave me, please.[31]

Il s'éloigna, étonné, en continuant à plaisanter avec ses amis.

Entièrement connectée à mes émotions sans m'entendre pour une fois traiter de petite fille gâtée, capricieuse, désireuse d'attirer l'attention, je regardais la statue de l'Océan guidant un équipage de chevaux marins sans la voir vraiment. Qu'avait-elle de plus que moi cette Marie-couche-toi-là ? Elle me paraissait idiote et vulgaire.

J'exagérais, j'avais à peine eu le temps de l'entrevoir. Qu'importe, je la considérais comme une rivale parce que j'aimais Renato. Je préférais me retirer, car, en toute sincérité, je n'éprouvais aucune envie de me battre pour le

---

[28] Qu'est-ce qui se passe, ma chère ? Quelque chose ne va pas ?
[29] Non, rien, merci. Tout va bien.
[30] Avez-vous besoin d'aide ?
[31] Non merci. Je ne veux rien, laissez-moi s'il vous plaît.

garder, question d'orgueil. Non pas que je le voyais de la même façon que lui me voyait ce matin, comme un objet à posséder, je pensais surtout que dans un cœur, il n'y avait pas de place pour deux amours.

Réconfortée par cette conclusion, je repris ma route dans un profond soupir, comme pour tenter d'expulser ce mal qui me torturait. Je me dirigeai en direction de la piazza Campo dei Fiori en empruntant des petites rues.

Bordée de magasins et de cafés, cette charmante petite place abrite un marché pittoresque chaque matin. Avec un peu de chance, j'allais flâner parmi les échoppes multicolores dans une ambiance empreinte de bonhomie, au milieu des étals des marchands des quatre saisons, de poisson, de viande et de fleurs.

Je me posais continuellement la question de savoir si Renato était en train de me chercher ou s'il était parti comme prévu à la côte avec sa chérie et leurs amis. J'avais beau questionner mon cœur, il restait muet. Il était inutile d'insister, j'étais bel et bien seule, et dans le pétrin jusqu'au cou.

Je m'interrogeai perplexe sur les desseins qu'il avait nourris en nous invitant toutes les deux à cette sortie. Il était loin d'être fou pour croire que l'une et l'autre, nous allions accepter de passer la journée ensemble. Impossible de savoir ce qui s'était réellement passé. À moins que quelqu'un d'autre, par ignorance, ait fait part à cette fille de notre projet d'excursion; il lui aurait proposé par mégarde de nous accompagner ?

Cette hypothèse était plausible dans la mesure où j'avais remarqué des visages qui m'étaient inconnus, notamment des filles qui auraient pu ne pas être au courant de notre relation. Il était peut-être tombé dans un guet-apens. Bien fait pour lui ! À présent, il risquait sûrement de nous perdre toutes les deux.

Ma tête était sur le point d'exploser si je continuais à me triturer le cerveau de cette manière. Bien plus tard, lorsque je me remémorai cette journée d'enfer, je compris qu'il m'était impossible d'entendre ma voix intérieure tant mon mental monologuait de manière incessante et obsédante. Je le surnommai « Luc Varenne » en hommage à un reporter de radio qui commentait le sport, dont les éclats volubiles étaient incomparables, au point qu'il fallait vraiment tendre l'oreille pour le suivre.

Je décidai de ne pas rentrer à la maison avant le soir, ce qui m'éviterait de devoir donner des explications à Lucia qui ne travaillait pas ce jour-là.

Que faire jusqu'à la tombée du jour, si ce n'était me promener ? Je continuai à marcher dans n'importe quelle direction, je n'avais aucune destination précise.

C'est ainsi qu'après avoir emprunté le corso Vittorio Emmanuele, je me retrouvai sur les rives du Tibre. Je traversai le pont Sant'Angelo bordé de dix statues portant les instruments de la Passion du Christ, œuvre du Bernin. Je laissai le château Sant'Angelo à ma droite et me dirigeai tout droit vers la Cité du Vatican, convaincue que Renato ne supposerait pas que je me trouvais à cet endroit.

Capitale des catholiques, cet État est le plus petit du monde et néanmoins, l'un des plus visités. Malgré la chaleur torride que répandait sur la ville le soleil monté au zénith, des milliers de touristes s'agglutinaient sur la place Saint-Pierre. Tous les regards étaient rivés sur les fenêtres des appartements privés du Pape, alors que Pie XII en cette période coulait des jours paisibles sur la côte, dans sa villa de Castel Gandolfo, loin de la canicule qui s'abat sur Rome durant l'été.

J'avançai nonchalante vers l'échoppe d'un marchand de glaces. Je me rafraîchis à l'ombre en mangeant un délicieux gelato[32] de fraises et de vanille que je dégustai en silence.

---
[32] Crème glacée.

Après une bonne heure de repos, je m'approchai de l'entrée de la basilique Saint-Pierre et pénétrai à l'intérieur avec l'intention de découvrir la sacristie, inaccessible lors de ma première visite.

Bien que cette basilique grandiose représente certes une magnifique œuvre d'art marquée par des artistes de génie tels Michel-Ange, le Bernin, Giotto, je me demandais quel défi les hommes avaient relevé durant près de deux mille ans, en affirmant que Dieu séjournait dans leurs cathédrales. Les temples des humains rivalisant les uns avec les autres n'abritent ni plus ni moins que leurs illusions de puissance.

Quelle ignoble confusion ! Ne serait-ce pas plutôt l'artiste lui-même inspiré par l'essence divine, à la fois transcendante et immanente qui reproduirait à sa manière ce qu'il perçoit de la grandeur de Dieu et du mystère de la création ?

Pour moi, la véritable inspiration est une source sacrée qui ne tarit jamais. Autrement, j'ai eu beau chercher, je n'ai pas trouvé de dieu dans ce lieu. Je ressens une espèce d'extase, une beauté infinie qui me traverse tout entière dès que je contemple une œuvre d'art, que ce soit d'architecture, de peinture, de sculpture ou tout simplement la nature inviolée.

Malgré leur esthétique imposante, témoignage de leurs victoires dans les batailles contre les hérésies, ces édifices pompeux contrastent avec la simplicité de Jésus, le charpentier et le christianisme primitif.

Tout en m'imprégnant de ces pensées, je me dirigeai lentement vers le transept avec l'intention d'accéder aux salles du Trésor. Je titubais quelque peu, la force de mes jambes paraissait de nouveau m'abandonner. L'abandon de tous, tel était mon ressenti. Désormais la bonne fée s'était transformée en sorcière dont le seul désir était de m'anéantir, et de me réduire en cendres. Plus rien d'agréable ne pouvait m'arriver. Je commençai à nourrir le projet de quitter l'Italie, et de retourner à la maison plus tôt que prévu.

Le simple fait d'imaginer les questions pressantes et les reproches de mes parents dont la seule analyse aurait consisté à pointer du doigt l'investissement à fonds perdu que je leur aurais causé, réussit à me dissuader d'effectuer le voyage retour avant la date programmée.

À chacun de mes moments de découragement, je faisais preuve d'un manque de foi extraordinaire. Ce n'est qu'a posteriori que je me rendais compte que l'univers n'abandonne jamais complètement les désespérés. Le philosophe Sénèque avait raison lorsqu'il écrivait : « À quoi sert de voyager si tu t'emmènes avec toi ? C'est d'âme qu'il faut changer non de climat ». J'avais beau séjourner à plus d'un millier de kilomètres de chez moi, je fonctionnais de la même manière.

J'entrevoyais tous ces visages que j'avais aimés hier portant les masques de l'hypocrisie, de la fausseté, incapables de poser un geste désintéressé.

Même Sergio m'apparaissait paré de la couronne du roi des hypocrites. Il devait sûrement être au courant de la liaison de son meilleur ami avec cette fille. Je lui en voulais de ne pas m'en avoir informée.

C'était stupide d'espérer une telle chose. Contre quoi m'aurait-il mise en garde ? Que représentait ma relation avec Sergio comparée à l'amitié indéfectible qui le liait à Renato depuis le début de leurs études ? De quel droit aurait-il trahi cette amitié ?

«Cesse de broyer du noir, Yvonne et laisse-toi aller», me murmura ma voix intérieure.

La salle du Trésor était plongée dans l'obscurité. On y voyait à peine, si ce n'est que les nombreuses pièces d'orfèvrerie religieuses d'une valeur inestimable étaient conservées dans des vitrines éclairées. Il y avait peu de visiteurs à cette heure.

Un Américain à l'allure d'un cow-boy s'approcha de moi pour me demander de lui traduire les étiquettes placées sous les objets. Je comprenais le désarroi des millions d'étrangers venus des quatre coins du monde, lorsqu'ils essayaient de déchiffrer les légendes des pièces écrites d'une écriture minuscule en latin et en italien. Nous fîmes tous les deux la même réflexion.

Tandis que je m'approchai d'un sarcophage, j'eus l'impression que quelqu'un m'observait. Je levai la tête et remarquai sans être capable de discerner les formes du visage, une silhouette immobile.

Je continuai lentement et sentis cette présence me suivre à distance. Intriguée, j'allai dans la direction de cette paire d'yeux sans pour autant m'approcher.

Je me trouvai face à face avec un jeune homme aux cheveux bouclés, au sourire angélique qui me regardait d'un regard soutenu. Son visage ressemblait à l'un de ces angelots qu'on remarque dans de nombreuses sculptures et peintures de la Renaissance. Bonté divine. S'agissait-il d'un rêve ou était-il bien vivant ? J'eus tout à coup l'impression d'être attirée par un aimant. Une énergie fabuleuse d'amour se dégageait de ce personnage apparu là comme par enchantement.

C'était la première fois que je ressentais une telle attirance envers une personne. Ni curieux ni sexuel, cet attrait irrésistible m'aspirait dans un flot de tendresse immense. Je me sentais remplie d'une joie intérieure indescriptible, en opposition totale avec le désespoir et le mal-être qui m'habitaient quelques minutes plus tôt. Comme si d'un regard, il avait balayé toutes les pensées négatives qui me hantaient et me détruisaient.

Cette personne continuait à me regarder et à exhiber un sourire confiant comme s'il m'attendait. Ce qui me frappait le plus, c'est qu'il souriait de tout son être comme libéré de ses barrières et de ses peurs. Ses yeux brillaient comme des étoiles dans la nuit. Sa bouche laissait apparaître de belles dents blanches qui luisaient dans la pénombre de ce sous-sol faiblement éclairé.

De taille moyenne, sa posture était légèrement courbée, comme disposée à m'accueillir en son sein, la tête légèrement penchée en avant, les bras croisés derrière le dos.

Je lui souris à mon tour en le fixant droit dans les yeux. Des ondes d'amour inconditionnel puissantes pénétrèrent à travers mon corps par la porte d'entrée du cœur. Je ressentis une chaleur se diffuser dans ma poitrine, ce qui me provoqua une vive émotion.

Ah non, tu ne vas pas recommencer à te laisser séduire, pensai-je. Sans marquer un arrêt en passant devant lui, je résolus de continuer mon parcours. Pourtant ce contact puissant à un niveau invisible ne ressemblait pas à de la séduction. Ce personnage m'avait conquise sur un autre plan que je ne pouvais définir.

Il me suivit et m'aborda avec délicatesse en me touchant l'épaule du bout des doigts. Il me conduisit à une vitrine éclairée située derrière nous. En toute simplicité, il commença à me donner mille et une explications au sujet des trésors exposés, attirant mon attention sur telle ou telle pièce qui méritait qu'on s'y attarde un peu plus.

– D'où viens-tu ?
– De Belgique.
– Ah bien. Comment t'appelles-tu ?
– Je m'appelle Yvonne et toi ?
– Michele. Je travaille au Vatican, pas ici, là-haut.

C'est tout ce que j'apprendrais de lui. Et lorsqu'il me quitta à la fin de la visite, avec respect, il me donna un baiser sur la joue.

– Ciao, arriverderci, buon viaggio[33].
– Ciao, Michele[34].

Pleine d'a priori durant tout le parcours, j'étais restée sur mes gardes croyant qu'il essayerait de me conquérir, et que cette agréable rencontre se terminerait en vulgaire harcèlement.

Je m'étais trompée. Il n'en fut rien. Il me laissa tout aussi délicatement qu'il m'avait abordée. Ce qui avait changé, c'est que j'étais entrée désespérée, complètement perdue. J'en ressortais remplie d'un sentiment d'allégresse et de plénitude. Son regard, sa présence avaient réussi à me combler au point que j'exultais, et qu'un large sourire illuminait mon visage. Était-ce cela la transfiguration ?

Je m'en voulais une fois de plus d'avoir fait le procès de cet être candide et de l'avoir condamné avant même de le connaître. Je ne trouvai aucune explication à cette apparition, mais fallait-il essayer de tout expliquer ?

Je le pris comme le signe d'une main tendue pour m'aider à supporter cette sensation d'abandon des êtres, auxquels je

---
[33] Salut, au revoir, bon voyage.
[34] Au revoir, Michele.

m'étais attachée. Ensuite pour m'enlever de mon esprit cette idée que toute action, toute aide sont toujours intéressées.

Toute notre vie n'est qu'une suite de malentendus, de rendez-vous manqués avec soi-même et avec les autres. Dans ces nombreuses traversées en solitaire qui peuplent nos jours et nos nuits, nous nous accrochons désespérément à un son, une image de déjà-vu, alors qu'il serait préférable d'aller dans le non connu, d'accepter d'accueillir l'imprévisible avec spontanéité afin de saisir l'essence de l'instant.

X

La nuit tombait. Il était temps de rentrer, mais quelle attitude devrais-je adopter avec la famille Giordano ? Était-elle au courant de mon escapade en solitaire ? Sergio devait être bien embarrassé, lui qui était responsable de moi. Qu'avait-il trouvé comme prétexte pour justifier ma disparition ? S'il était parti à la côte avec les autres, il n'était pas encore rentré, alors à moi de donner une explication à ses parents.

Je sonnai timidement à la porte. Sergio descendit m'ouvrir, il poussa un énorme soupir.

– Yvonne, d'où viens-tu ? Nous t'avons cherchée toute la journée.

Je haussai les épaules et commençai à percevoir des palpitations dans ma poitrine. Je montai les escaliers sans rien laisser paraître de mon embarras, et courus me réfugier dans ma chambre pour ne pas avoir à donner d'explications sur mon odyssée. Par chance, ses parents étaient absents.

– Yvonne, ouvre-moi, s'il te plaît. J'ai à te parler.

Sergio avait beau s'essouffler à m'appeler, je n'avais pas envie de lui répondre. Je lui en voulais autant qu'à Renato ; à mes yeux, il était son complice.

– Yvonne, ne sois pas stupide ni orgueilleuse, ouvre-moi. Si tu ne le fais pas, quoiqu'il arrive, je ne t'adresserai plus la parole. Je refuserai de t'accompagner durant le reste de ton séjour, tu n'auras qu'à te débrouiller pour raconter ce qu'il s'est passé à mes parents. Je sais ce que tu penses, mais tu te trompes. Qu'est-ce que c'est que cette habitude que vous avez, vous les filles, de condamner les gens avant même qu'ils n'aient eu l'occasion de s'expliquer ?

Le mot « les filles » me blessa. Je n'appréciai guère le fait qu'il me mette dans le même sac que les autres, moi qui aimais à me croire différente. Je n'hésitais jamais à le proclamer haut et fort pour qu'on le sache. Je dédaignais cet amalgame. Cependant, grâce à cette assimilation, je pris conscience qu'il me traitait de la même manière que je l'avais traité en le croyant complice de Renato, avant même de lui avoir demandé son avis.

– Ouvre, te dis-je. Tu n'as pas le droit de me faire ça, alors que je n'ai rien à voir dans cette histoire. C'est Renato qui aurait dû t'expliquer. Et puis, porca M., il n'y a rien à expliquer. Tu le prends pour un pédé ou pour un moine ? Tu t'imagines que tu es la première fille dans sa vie, et qu'il a besoin de toi pour passer le temps parce qu'il ne trouve personne d'autre ? Mamma mia ! Elles tombent par dizaines à ses pieds et lui ne s'en préoccupe même pas. Contrairement à ce que tu crois, il ne fait pas partie des séducteurs.

Tu n'avais aucune raison de t'emporter de cette manière. Je suis certain que toi, il t'aime. Il t'aime vraiment, petite orgueilleuse. Je l'ai vu cet après-midi comme il était malheureux, après que tu te sois enfuie comme une gamine ; nous t'avons cherchée dans toute la ville. Il était fou de douleur, il s'en voulait de ne pas t'avoir mise au courant. Je viens juste d'arriver, je m'apprêtais à ressortir.

Il va me téléphoner d'une minute à l'autre pour me demander si tu es rentrée. Nous avions l'intention d'organiser une battue dans toute la ville. Dépêche-toi, mes parents seront bientôt de retour. S'ils nous entendent, nous risquons de devoir leur expliquer ce qui se passe, je suppose que tu n'y tiens pas.

Un peu calmée par les paroles de Sergio, je finis par entrouvrir timidement la porte de ma chambre et marchai avec lassitude vers le salon où je m'installai dans le divan. Il s'assit dans le fauteuil juste en face de moi.

Après quelques minutes de silence, nous entreprîmes de nous parler sans nous regarder par pudeur ou par colère, je l'ignore. Nous partagions l'un et l'autre la même impression de trahison qui provoquait le même malaise. Sa voix était cassée et marquée par une note d'amertume.

– À présent, dis-moi : pourquoi t'es-tu enfuie, et que reproches-tu à Renato ?
– De m'avoir ridiculisée devant tout le monde. Il a osé inviter sa petite amie à l'excursion, alors que j'étais présente moi aussi.

Lorsque nous sommes arrivés ce matin à la terrasse du café, il a salué tout le monde. Ensuite, il s'est arrêté devant une fille et ils se sont embrassés sur la bouche. Et moi, j'étais derrière lui en train de les regarder comme une idiote. Au lieu de provoquer un scandale, j'ai préféré m'enfuir, jugeant que ma place n'était plus à ses côtés.

– Bien. Je n'ai pas assisté à cette scène, j'étais parti te chercher chez le professeur Bertuzzi. Je ne discuterai donc pas des faits. Je m'en tiendrai à l'esprit qui a prévalu dans cette affaire. Je laisse à Renato le soin de t'expliquer la nature de sa relation avec Giovanna - cette fille s'appelle Giovanna. Je ne désire pas m'immiscer dans les détails de sa vie personnelle.

– Inutile, il n'aura pas l'occasion de m'expliquer quoi que ce soit parce que je refuse de le rencontrer. Dorénavant, je ne veux plus avoir de contact avec lui. Et s'il me harcèle, je quitterai Rome plus tôt que prévu. J'en ai bien envie d'ailleurs.

– Tu vois, cette manière d'agir me déplaît chez toi. Tu ne t'intéresses pas à ce que les autres pensent. Tu te construis ta propre idée des faits et tu refuses de tenir compte de l'opinion des autres, surtout lorsque tu pressens qu'elle est différente de la tienne. Ton avis prévaut toujours et il a force de loi. Malheureusement, ce n'est pas la première fois que je remarque que tu te comportes de cette façon.

– Tu peux me critiquer si cela te fait plaisir. Je n'ai pas envie de discuter sur ce point. Pour moi, cette affaire est close. Qu'avais-tu à me dire à ce sujet ?

– Et moi, que me reproches-tu ?

– De ne pas m'avoir mise en garde en m'informant que Renato avait une liaison. Je me suis laissé berner par ta faute. J'ai cru à toutes ses promesses y compris à celle du mariage.

– Je m'en doutais. Sache que je n'ai pas pour habitude de me mêler des affaires des autres. Je me suis contenté de te faciliter la vie en ce qui concerne tes allées et venues. Tu connais nos coutumes, je ne voulais pas choquer mes parents qui te considèrent comme la fille de la maison.

Au départ, Renato m'avait proposé de t'accompagner pour que je puisse étudier. J'ai quatre examens importants à représenter en septembre, lui, n'en a que deux. Reconnais que ce n'est pas moi qui t'ai poussée dans ses bras. J'ai été très étonné de vous voir aussi rapidement tomber amoureux l'un de l'autre.

Pas plus tard qu'hier, nous travaillions ensemble à la bibliothèque. Bien qu'il n'ait pas l'habitude de raconter sa vie, il m'a parlé pendant plus de deux heures de ses projets d'installation à Bologne dès le mois de septembre, et surtout de son intention de voyager en Belgique à la fin de cette année pour te demander en mariage à tes parents.

Jusqu'ici, je ne m'étais posé aucune question sur la nature de votre relation qui ne dure que depuis trois semaines à peine. À l'entendre parler, je me suis dit qu'il paraissait fou de toi pour se décider aussi rapidement. Il s'agissait sans aucun doute d'un coup de foudre. J'étais inquiet quant à l'issue de votre liaison lorsque vous seriez séparés ; il était évident que tu devrais regagner ton pays à la fin des vacances.

Bien que je sois au courant du problème de Renato avec sa famille, j'estime qu'il est important de tenir compte de son statut social. Il fait partie de la noblesse. Son père est un aristocrate napolitain, gros propriétaire terrien et sa famille a un pédigrée. Il t'en a parlé, je suppose. Tu sais que ces gens ont l'habitude de se marier entre eux.

Renato est le type le plus humble qu'il m'ait été donné de rencontrer, malgré tout, il existe une raison pour que tu sois prudente. Votre mariage, s'il a lieu, risque encore plus d'inciter ses parents à le déshériter. Hier, il avait l'air de s'en moquer, qu'en sera-t-il dans quelques années ?

Contrairement à ce que tu crois, je ne suis pas un faux jeton. Je ne t'ai rien caché. Je me suis uniquement abstenu de me mêler de vos affaires, il y a une nuance.

Quant à Giovanna, c'est une autre histoire. Elle est sortie avec lui, comme avec d'autres d'ailleurs. J'ignore là aussi quelle était la nature exacte de leur relation. Je te répète que je préfère qu'il t'en parle lui-même. Je ne les vois plus ensemble depuis bien longtemps. Autrement, je doute qu'il m'ait proposé de t'accompagner dans tes déplacements.

– Qu'est-ce que tu insinues ? Qu'il aurait continué avec moi en se cachant de cette fille ?

– Pas du tout. Ce n'est pas cela que j'ai voulu dire. C'est plutôt l'inverse. S'il avait eu des sentiments pour elle, il ne t'aurait pas fait la cour et il n'élaborerait pas de projet de mariage avec toi.

C'est la première fois qu'il parle de se marier. Jusqu'à présent, il ne s'occupait que de ses études, de ses réunions estudiantines et puis de gagner sa vie. Il joue au football aussi. Il est l'un des élèves les plus actifs de la faculté.

– J'aurais bien voulu te croire si je ne les avais pas vus de mes propres yeux, s'embrasser sur la bouche.

– Tu n'avais qu'à rester, tu aurais assisté à la suite des événements plutôt que de t'enfuir et d'imaginer n'importe quoi. Écoute, j'entends du bruit. Ce sont mes parents qui rentrent.

– Ciao, buonanotte.[35]

– Buonanotte.

---

[35] Salut, bonne nuit.

Le téléphone sonna. Sergio alla décrocher. Je supposai que Renato appelait pour se renseigner à mon sujet. Je l'entendis répondre que tout était rentré dans l'ordre.

Après quelques propos échangés avec Paolo et Lucia durant le dîner, prétextant la fatigue, je me réfugiai dans ma chambre. Il était presque minuit, j'étais au bord de l'épuisement après cette journée d'enfer.

Environ deux heures plus tard alors que toute la famille était endormie, je fus réveillée par un groupe de gens qui chantaient dans la rue, accompagnés de guitares et de mandolines. Ils étaient occupés à passer en revue tout le répertoire des plus belles chansons romantiques. Ils s'arrêtèrent devant notre maison, l'inquiétude m'envahit. Je regardai par la fenêtre sans qu'ils ne me voient et distinguai dans l'obscurité cinq silhouettes d'homme. Je ressentis un malaise qui me fit chanceler, lorsque je découvris que l'un des chanteurs n'était autre que Renato en train de me donner la sérénade.

Que devrais-je faire ? Il risquait de réveiller tout le quartier si ce n'était déjà fait. J'entrouvris la fenêtre et leur chuchotai : « partez, vous allez provoquer un scandale ».

Les habitants des maisons voisines du haut de leurs balcons, assistaient d'un air amusé à ce concert improvisé en applaudissant. Renato titubait, gesticulait dans tous les sens. Il présentait des signes d'ébriété.

Le concert était entrecoupé de déclarations d'amour spectaculaires. Des cris de désespoir fusaient dans la nuit et provoquaient l'hilarité des badauds. Heureusement pour moi, il ne prononça jamais mon nom.

J'entendis la fenêtre des parents de Sergio s'ouvrir, ils se demandaient ce qu'il se passait. Après quelques minutes, les musiciens se turent et décidèrent de continuer leur chemin. La nuit redevint calme.

Pour les autres sans doute, pas pour moi. Je m'enfonçai dans une nuit cauchemardesque au cours de laquelle, je rêvai de Renato enlacé dans les bras de cette fille. Elle lui prenait le visage pour le serrer contre ses énormes seins. Je me réveillai plusieurs fois en transpiration, et en train de sangloter.

Le lendemain matin, j'étais debout très tôt, ce qui me permit de déjeuner avec Lucia. Paolo sortit dès sept heures comme d'habitude. Les commentaires allaient bon train au sujet de la sérénade de la nuit. Je feignis d'avoir à peine entendu les chants et d'avoir cru à un rêve.

Lucia hésitait un peu, mais prétendait toutefois avoir reconnu un ami de Sergio. Heureusement, aucun rapport ne fut établi entre cette mascarade attribuée aux étudiants, et moi. Elle trouvait cette affaire amusante.

Je poussai un ouf de soulagement dans la mesure où cet épisode cocasse n'avait eu aucune conséquence fâcheuse pour moi. La vue de Renato en état d'ivresse me révulsait et me conforta dans ma décision de ne pas renouer mes relations avec lui.

Sergio qui dormait de l'autre côté n'avait rien entendu. Je n'eus pas l'occasion de le rencontrer ce matin-là, ni même ce jour-là, il s'était levé encore plus tôt que moi pour aller à la bibliothèque bien avant l'ouverture. Avait-il tenté ainsi de m'éviter ? J'en fus attristée.

Lucia me quitta pour aller légèrement en retard à son atelier de couture. Je paressai en pyjama sans but précis. Je me recouchai décidée à ne pas sortir afin de ne pas rencontrer l'ami Renato.

Le téléphone sonna et me sortit de mon sommeil. Je décrochai et entendis sa voix au bout du fil. Il exigeait ni plus ni moins que je le rejoigne au bar de la station des Termini située pas très loin de la maison. Sans me soucier de l'effet que ma décision provoquerait, je refusai sa proposition de manière catégorique et raccrochai violemment le téléphone.

La sonnerie retentissait une dizaine de fois par jour durant cette période. Sergio offusqué par mes reproches avait refusé de me transmettre les messages écrits que Renato prétendait lui confier pour moi.

XI

Ce jeu de cache-cache dura trois jours, il m'était impossible de continuer à ce rythme. Rester cloîtrée dans la maison par cette chaleur, n'avait rien d'amusant. Je souffrais de claustrophobie et mon moral allait de plus en plus mal. Le problème était qu'une fois dehors, il me serait difficile d'éviter de croiser Renato. Malgré l'étendue de la ville, nous empruntions à peu près les mêmes chemins.

Il fallut me résigner à l'affronter. Le temps arrange parfois les choses, en quelques jours, nous avions tous deux probablement perdu notre agressivité. Nous serions mieux disposés à discuter nos points de vue divergents et surtout prêts à écouter l'autre avec empathie, condition sine qua non pour établir une véritable communication entre nous. En réalité, malgré tout ce qui s'était passé, je commençai à éprouver le vide de sa présence, la remise en question ne tarda pas à surgir.

Marisa, la fiancée de Salvatore m'avait appelée pour me proposer de me tenir compagnie. Elle me parla de son intention de profiter de l'absence de ses parents en voyage aux États-Unis, pour inviter quelques amis durant un week-end, dans la villa qu'ils possédaient sur la Côte toscane. Bien que la proposition me parût intéressante, elle ne reçut aucun écho de ma part, tant j'étais noyée dans mon chagrin.

La vie semblait tout à coup avoir perdu sa saveur. Mille questions me hantaient l'esprit. Les paroles de Sergio continuaient à m'interpeller. Mon impulsivité m'avait été maintes fois reprochée par mon entourage. Que pouvais-je y faire ? Lorsque j'avais vu l'homme que j'aimais embrasser une autre femme, j'avais explosé. C'était plus fort que moi. Au lieu de provoquer un scandale, j'avais eu la sagesse de m'enfuir.

Et lui, pourquoi s'était-il comporté de la sorte, s'il m'aimait vraiment comme il le prétendait ? Il n'y avait que lui pour répondre à cette question. Mes suppositions se révélaient inutiles et vaines.

Lors de notre rencontre, Marisa évita le sujet avec diplomatie. Elle, Salvatore et Sergio étaient les amis les plus proches de Renato. Il est certain que Marisa en savait plus qu'elle ne voulait bien l'avouer.

Nous abordâmes le sujet tabou de l'infidélité. Elle avoua, gênée, que Salvatore en trois ans de fiançailles l'eût trompée quelquefois. Pourtant, ils s'aimaient et pensaient se marier bientôt.

Encore fallait-il s'entendre sur le terme « tromper », me précisa-t-elle. Il avait eu des relations sexuelles sans lendemain avec d'autres filles certes, mais il lui était resté fidèle par les sentiments, par le cœur. « Moi, j'ai décidé de me débarrasser de ces principes que nos mères nous ont inculqués. Je partage tout avec Salvatore, nous buvons, mangeons, étudions, dormons, jouons et faisons l'amour ensemble. J'évite de penser à faire l'amour, je le fais. Quoiqu'il arrive, ce sera déjà ça de pris ! Le mariage est un engagement, le contrat n'est pourtant qu'un chèque en blanc. À partir de là, tout peut arriver. Je ne me tracasse pas pour un événement qui a 50 % de chance d'arriver ou de ne pas arriver. Ce qui compte, c'est de vivre des expériences sinon tu restes au niveau de la tête, et la vie, ce n'est pas ça. Elle est trop courte pour se la compliquer inutilement. »

Cette conception m'échappait complètement. Pour moi, l'amour était synonyme de fidélité dans le cœur, la tête, le sexe. Si un type me trompait sexuellement, comment encore croire à ses sentiments pour moi ? À quel niveau m'aimait-il, c'est-à-dire m'était-il fidèle ? Au niveau de la tête, du cœur ou du sexe ?

Cette vision que m'exposait Marisa, je la trouvais trop compliquée. Moi j'aimais ou je n'aimais pas. Et si j'aimais comme ça avait été le cas avec Renato, je donnais tout à condition qu'il m'aimât lui aussi. Et si mes sentiments ne trouvaient pas d'écho chez l'autre, je continuais mon chemin comme si de rien n'était.

Elle se contenta de me répéter qu'en Italie, les hommes agissaient de cette manière. Peut-être ailleurs aussi. Sa réponse n'ébranla pas mes croyances en l'amour total ni mon idéal de fonder un foyer uni et heureux où la fidélité, le respect de l'autre serviraient de ciment indispensable.

J'avais l'impression de ne pas être capable de la comprendre et n'étais pas sûre que nous parlions de la même chose. Enfin, je l'admirais si elle avait réussi à établir un équilibre avec des idées aussi originales, bravo !

« Dommage que vous ayez rompu votre relation. À ses côtés, je te trouvais encore plus belle et épanouie. Tu resplendissais comme un soleil », fit-elle remarquer. « Et lui, n'en parlons pas. Il paraît qu'il est déprimé au point que Salvatore se demande s'il va réussir ses examens. Il a perdu le goût de tout, chose rare chez lui parce que c'est un battant ».

Nous eûmes à peine le temps de terminer la conversation, que nous aperçûmes l'équipe de football de la faculté de droit s'approcher à grand bruit du café Da Pietro, où nous nous trouvions.

Ce matin-là, ils avaient organisé un match amical au cours duquel, ils s'étaient opposés à l'équipe de la faculté de médecine, les éternels vainqueurs des tournois jusque-là imbattables, invincibles, aux dires de certains.

Personne ne put en expliquer les raisons, cette fois les futurs avocats avaient battu les futurs médecins par le score incroyable de 3 - 1. Leurs supporters, visiblement déçus, tentaient de justifier leur défaite par le fait que les meilleurs joueurs étaient en vacances. Ce ne serait que partie remise, l'honneur serait vengé à la rentrée, en octobre.

« Sans nous », leur cria l'un des joueurs de l'équipe adverse. « Nous serons diplômés en septembre. Forza Giurisprudenza, Forza Giurisprudenza [36] ! »

En attendant la revanche, tous se mirent à fêter cet exploit inespéré. Un des gars avait apporté sa guitare et jouait des morceaux connus du folklore estudiantin. Le juke-box

---

[36] Vive la faculté de droit.

diffusait des airs de variétés à la mode. La chanson « Arrivederci Roma » me brisa le cœur, elle parlait en quelque sorte de notre histoire.

Marisa hocha la tête du côté de la deuxième porte à laquelle je tournais le dos. Je me retournai et vis Renato, Salvatore et Sergio suivis par toute la bande de copains. Ils chantaient à tue-tête, levaient les bras montrant le V de la victoire.

Salvatore se précipita vers nous en hurlant et entraîna Marisa au milieu du café dans une tarentella endiablée. J'eus à peine le temps de réagir, je sentis quelqu'un me saisir par le bras avec une force herculéenne. Sans que mes pieds ne touchent le sol, je me retrouvai moi aussi sur la piste, en train de danser la tarentella avec Renato, sous les regards hilares et les applaudissements de leurs amis. À la fin de la danse, Renato entonna pour moi la chanson « Parlami d'amore Mariù » tandis que je regagnai ma place avec beaucoup d'émotions.

Ce bal improvisé où les chants alternaient avec les disques dura plusieurs heures. Certains nous épatèrent par leur voix de ténor, tandis que d'autres nous fascinèrent par leurs talents de danseurs de rock ou de bebop sur des musiques de Glenn Miller et des Platters. Bien entendu, les succès du moment de Luciano Tajoli, Achille Togliani et bien d'autres célébrités ne manquèrent pas au programme.

Lorsque je les entends encore aujourd'hui, l'émotion m'envahit parce qu'elles font partie de ma légende personnelle, et qu'elles me rappellent cet après-midi particulier. La musique accompagne les moments importants de la vie en ouvrant les portes du cœur. Elle est une sorte de langage universel dont la compréhension se fait sentir au-delà des mots.

C'est ainsi que j'assistai pour la première fois à une surprise party. Nous eûmes durant mon séjour, l'occasion de recommencer maintes fois. Nous exprimions une telle joie, une telle vitalité, qu'un public nombreux s'amassait pour nous regarder. Loin de déplaire, nos concerts improvisés attiraient un monde fou. Le limoncello et le vin coulaient à flots. Les affaires marchaient bien pour Pietro, le patron du café.

Durant les chants et les danses, j'évitais le regard de Renato. Je craignais de succomber à la magie de ses yeux. Pourtant, je sentais qu'il ne cessait de me regarder.

Le moment le plus émouvant fut sans hésiter, lorsqu'il chanta de sa belle voix langoureuse des chansons d'amour napolitaines, accompagné à la mandoline. Il reprit les complaintes d'amour de l'autre soir, « La canzone dell'amore » et « Perdonami » de Claudio Villa. Les cris cessèrent, chacun l'écoutant avec recueillement. Confuse de savoir que ces chansons m'étaient destinées, je penchai la tête et mon cœur pleura. J'étais trop orgueilleuse pour me laisser aller, je retins mes larmes au bord de mes paupières. Sitôt terminées les complaintes tristes, ils entonnèrent le verre à la main, l'hymne joyeux de la faculté de droit suivi de quelques chansons grivoises.

Ah ! Ces Italiens, pensai-je, ils savent jouer sur tous les registres de manière incomparable. Ils pleurent et une minute après, ils rient. Ils sont uniques !

En fin d'après-midi, fatigués et éreintés, ils se séparèrent un par un et deux par deux, les couples s'étant reformés. Renato me prit la main et m'entraîna hors du café.

– J'ai à te parler, suis-moi.
– Où allons-nous ?
– Nulle part, je vais chercher un coin tranquille où nous pourrons être seuls, toi et moi.

Tandis que nous marchions, je gardai mes distances avec une certaine froideur qui contrastait avec la chaleur de sa main. D'un geste doux et agréable, il caressait la mienne massant la paume, le dos ainsi que la pulpe des doigts par de légers va-et-vient. Ce petit massage me donnait des frissons. J'avais la sensation de fondre tant l'excitation envahissait mon corps tout entier. Nous parcourûmes quelques centaines de mètres avant d'arriver à un petit parc. Nous nous allongeâmes sur une pelouse, dans un coin d'ombre sous un arbre.

À peine installés à l'abri des regards du public, il m'embrassa et me caressa longuement. Quelle volupté d'entendre dans mes oreilles le halètement délicat de sa respiration. Lorsque son corps se colla au mien, je sentis qu'il était très excité et le repoussai. Il m'était vraiment difficile de me laisser aller à la douceur, la sensualité, la joie de vivre. Je pris le parti de briser le silence.

– Alors, lui dis-je, qu'est-ce que tu as de si important à me dire ?

Sans prononcer le moindre mot, il prit mon visage et continua à m'embrasser. Nous fûmes dérangés par des promeneurs. Je me relevai pour m'asseoir au pied de l'arbre, Renato fit de même.

– Tu ne te sens pas fatigué après une journée pareille ?

– Tu as beaucoup de mal à rester en silence dans la perception de l'instant, n'est-ce pas ? Tu cherches des explications sachant que celles-ci servent à fuir le moment de nos retrouvailles. Pour moi, au contraire, l'essentiel est là ; peu m'importent les mots, les gestes.

– Qu'est-ce que tu racontes encore ? Ne puis-je pas m'informer de ton état ? Je pense que tu dois être crevé après toutes tes péripéties. En tout cas, quelque chose m'a frappée tout à l'heure, c'est votre naturel, votre joie de vivre ici en Italie. Cette manière incroyable de vous laisser aller m'a interpellée.

– Oui, nous sommes comme cela, spontanés, exubérants, bien vivants. Tu comprends pourquoi je ne suis pas fatigué. J'exulte de joie, il n'y a pas de place pour la fatigue. J'avais besoin de me défouler, depuis trois jours, j'étais désespéré.

Aujourd'hui, je commence par une victoire de mon équipe au football, je marque deux goals sur trois et leur permets ainsi de gagner. Ensuite nous chantons, dansons et fêtons l'événement avec nos amis tout l'après-midi. Moi en réalité, je célébrais nos retrouvailles. Et maintenant, je te serre dans mes bras, cela me suffit, je n'ai besoin de rien d'autre. Si tu savais combien ces jours de séparation m'ont paru interminables.

– Et moi alors. M'éloigner de toi m'a permis de remettre de l'ordre dans mes idées. Depuis trois semaines que nous nous fréquentons, j'étais prise dans une euphorie peu propice à la réflexion. L'incident du baiser m'a montré une autre facette de toi qu'il m'est difficile de supporter.

– De quelle facette parles-tu ? Je suis le même en toutes circonstances.

– Je parle de cette double vie que tu mènes.

– Quelle double vie ? Tu parles de cette fille, Giovanna ? Tu insinues que j'ai des relations avec toi alors qu'elle est ma petite amie, n'est-ce pas ? Sache que tu te trompes. Je n'entretiens aucune liaison avec elle. Je ne l'avais pas revue depuis la période précédant les examens de juin. J'étais passé au salon de coiffure où elle travaille pour me faire couper les cheveux.

– Oserais-tu prétendre que tu embrasses n'importe quelle fille sur la bouche ? Jusqu'à présent, nous avions rencontré une dizaine de filles que tu connais, tu ne les avais pas embrassées de cette manière. Donc, c'est que cette fille, à tes yeux, est différente des autres. Avoue que tu as ou bien tu as eu dans le passé, un lien particulier avec elle. Je me suis sentie la risée de tous tes amis. Pourquoi essayes-tu de me mentir ? Cela n'a plus d'importance maintenant puisque nous ne sommes plus ensemble.

– Je n'essaye pas de te mentir, mais de t'expliquer que tu es la seule femme qui compte dans ma vie. Tout ce qui m'intéresse, c'est de revenir à notre relation, à l'amour que nous ressentions l'un pour l'autre avant cette histoire ridicule, et de mettre sur pied les projets que nous avions élaborés. Le reste n'a aucune importance.

D'ailleurs, si tu te souviens, ce n'est pas moi qui l'ai embrassée le premier. Lorsque je me suis approché pour la saluer, elle m'a serré et embrassé. Je n'allais pas me retirer de force tout de même. Je te trouve bien expéditive. Je me permets de douter de la profondeur de tes sentiments pour moi.

Tu sais, Yvonne, tu es une fille intelligente, mais il te manque quelque chose d'important, c'est l'intelligence du cœur. Il est peut-être envahi par les émotions, il ne fonctionne pas correctement pour autant. C'est la raison pour laquelle, il ne peut te renseigner de manière juste sur les situations que tu vis.

De plus, cela nous empêche parfois de parler le même langage, toi et moi. Je suis latin, méditerranéen, ne l'oublie pas et cet aspect est important pour moi. Il est même primordial.

– Non, tu t'esquives, c'est trop facile. Je veux connaître toute la vérité. Tu es sorti avec cette fille, avoue-le.

– Mamma mia, c'est un tribunal ici, tu ferais un excellent procureur. Quelle drôle de mentalité tu as ! Pourquoi t'intéresses-tu à mon jardin secret, à ce qui s'est passé avant notre rencontre ? Est-ce que moi, je t'ai demandé de me raconter ta vie sentimentale en Belgique ? Non, parce qu'elle ne m'i-n-t-é-r-e-s-s-e pas, même si tu voulais m'en parler.

– En ce qui me concerne, il n'y a rien à raconter, tu es le premier garçon avec lequel je sors en amoureux. Je n'ai jamais eu de relations intimes avec personne et j'en suis fière.

– C'est normal, tu es une fille !

– Comment « C'est normal, je suis une fille » ? Insinuerais-tu que nous sommes différentes et que vous, les hommes avez tous les droits y compris celui de lever deux lièvres à la fois ?

Cet amour que je vis est unique. Je ne suis pas certaine que je serais capable de ressentir les mêmes sentiments pour un autre que toi. À mes yeux, l'amour et la fidélité sont indissociables.

– Je ne suis pas fidèle, moi ? Je te répète pour la dernière fois que depuis que je t'ai rencontrée, je n'ai touché aucune fille. Tu n'es pas sans savoir que nous avons des besoins sexuels. Évidemment, comment peux-tu savoir ? Tu ne l'as jamais fait, toi, la petite nonne.

– Ne sois pas cynique, veux-tu ? C'est normal que si tu prétends m'aimer, tu doives m'attendre.

– T'attendre ? Facile à dire. Moi, j'ai envie de vivre cet amour complètement, dans toutes ses dimensions : physique, psychologique, et spirituelle. Si je dois patienter jusqu'au mariage l'année prochaine, je deviendrai peut-être impuissant ou fou. L'abstinence rend fou.

Ceci dit, imagine-toi que j'ai connu des filles avant toi. Il m'est arrivé de temps en temps de tomber amoureux, mais ça ne durait jamais bien longtemps. J'ai fait l'amour avec plusieurs d'entre elles dont Giovanna, par pur désir sans vraiment les aimer. Je n'ai fait de mal à personne parce qu'elles étaient toutes consentantes, elles y prenaient du plaisir elles aussi.

Tu le fais exprès ou bien vous êtes vraiment attardés là-bas ? Qu'est-ce qu'ils fabriquent les types chez vous lorsqu'ils se retrouvent avec une fille ? Ils se contentent de la regarder dans le blanc des yeux ?

– Ce genre de vie libertine ne m'intéresse pas parce qu'elle n'a pas de limites.

– Tu confonds, la fidélité ne se situe pas à ce niveau. Elle réside au niveau du cœur et des pensées. Quand la femme que tu aimes n'occupe plus ton cœur ni tes pensées, alors tu lui es déjà infidèle sans que tu n'aies couché avec une autre.

Ne va pas t'imaginer que je me sens capable de toucher une autre femme que toi. J'ignore si je le suis ou pas. Ce dont je suis sûr, c'est que je te vois partout et que je t'emporte là où je vais. Tu fais partie de moi-même.

Crois-tu que si ce n'était pas le cas, j'aurais été aussi désespéré lorsque tu m'as quitté, au point de te chercher dans toute la ville. Je me suis même saoulé la gueule alors que je ne bois jamais. Et je n'ai pas ouvert un seul livre pour étudier depuis trois jours.

Pour la première fois, j'ai envie de m'engager à construire un couple avec une femme que j'ai dans la peau. Ma carrière n'est plus la seule à occuper mes pensées. J'ai besoin de vivre cet amour au quotidien, en te voyant au réveil, allongée à mes côtés, et de pouvoir te serrer dans mes bras. C'est comme si une fleur avait éclos chaque matin.

Dans quelques semaines, je serai diplômé, libre pour entamer mon parcours professionnel. Je sais qu'avec toi, j'aurai plus de courage pour lutter pour les causes qui me tiennent à cœur. Que demander de plus ? Je suis napolitain, je n'ai pas besoin de grand-chose pour être heureux, d'ailleurs, j'ai horreur des complications.

Ne dit-on pas que derrière un grand homme, se cache une grande dame ? Je n'en ai jamais douté. Les femmes les aident à évoluer. Elles sont plus fiables, mieux centrées. C'est pourquoi le Créateur les a choisies pour porter la vie. Et toi, je t'ai choisie pour qu'un jour, tu portes nos enfants.

Les religions les ont souvent persécutées et diabolisées. Elles m'inspirent beaucoup de respect, contrairement à ce que tu crois peut-être.

Dis-moi ce que tu veux réellement ? Est-ce que tu m'aimes ou as-tu l'intention de passer tes journées avec moi, et puis tu rentreras dans ton pays sans donner de suite à cette relation ?

– Quelle question ! Je la trouve bizarre pour quelqu'un qui rejette les pratiques conformistes et hypocrites d'une société décadente. Si tu veux t'engager à m'aimer et à me respecter, je veux bien m'engager à faire de même. Mais est-ce que tu m'aimeras toujours ?

– Tu abordes le thème de la continuité dans le temps linéaire : passé, présent, futur. Je ne suis pas devin. Le bonheur continu n'existe pas. Le vrai bonheur est dans l'instant. L'amour aussi est une transformation de chaque instant. Il n'appartient pas au monde du temps. Il n'est pas le résultat d'efforts et on ne peut pas apprendre à aimer comme on apprend à jouer du piano. L'amour EST tout simplement, et il ne peut cohabiter avec la peur. Tu penses trop Yvonne, tu en oublies de vivre, et la pensée peut être destructrice.

– Cessons cette conversation qui me rassure et me rend mal à l'aise à la fois. Serre-moi dans tes bras, je tremble.

– Qu'est-ce qui te chagrine, c'est cette notion d'engagement ? Il ne signifie pas un engagement qui découle d'un rituel de l'ordre du chèque en blanc signé devant monsieur le curé. À mes yeux, un couple a une dimension sacrée. Cet engagement dans notre vie de couple est représenté par un certain nombre d'actes que nous posons, qui nous permettent une ouverture de la conscience, et qui nous révèlent à notre véritable identité.

– Pardonne-moi si je t'ai mal jugé et surtout pour mes écarts de langage. Je n'aurais pas dû me laisser emporter par la colère, c'est la jalousie qui a pris possession de moi. Je n'en suis pas fière.

– Rassure-toi, la jalousie est en quelque sorte une preuve d'amour. Je comprends ce que tu as ressenti, cela aurait pu m'arriver à moi aussi. Qu'en est-il de notre amour si tu n'oses pas te laisser aller à tes émotions devant l'homme qui t'aime ?

Et puis cette Giovanna, je reconnais qu'elle n'y est pas allée de main morte. J'étais surpris lorsqu'elle m'a sauté au cou devant tout le monde, alors que nous ne nous fréquentons plus depuis des mois. Quelle emmerdeuse ! Je lui en ai fait la remarque en lui précisant, fâché, que tu étais ma fiancée, et que je n'appréciais pas son comportement pour le moins déplacé.

Difficile pour moi à cette époque, de saisir la signification profonde de ses paroles. J'eus besoin d'une longue période pour digérer tous les enseignements et les bienfaits que me procura cet amour immense.

Avec le recul, je conclus que Renato était en avance sur son temps. Il avait déjà une conscience claire du mécanisme de fonctionnement d'un couple évolué. Il avait une idée très précise de la notion de liberté dans l'amour, et de la subtilité de l'engagement mutuel.

Le terme « amour » est souvent galvaudé et accommodé à toutes les sauces : piquante, aigre-douce ou amère. Sans parler du mot « liberté » confondu avec son voisin de palier, le libertinage qui n'en est que la pâle figure. Rien, absolument rien dans ce dernier ne rappelle la véritable liberté qui commence par la liberté intérieure que procure l'amour, souvent considéré à tort comme une prison pour les cœurs.

L'amour auquel Renato se référait était une création quotidienne. Pour y avoir accès, il était indispensable de se débarrasser de ses peurs.

Cette crise n'avait pas été superflue, elle avait permis à notre relation de se consolider et de s'approfondir jusqu'à atteindre un niveau de symbiose totale. Grâce à notre engagement renouvelé chaque jour et notre volonté de nous remettre en question, nous nous sentions de plus en plus unis.

Renato avait raison de faire remarquer qu'il manquait à cet amour la dimension physique. Je commençai à le percevoir autant que lui. Ses caresses avaient éveillé en moi le désir et la volupté. Le jour où il me proposa de l'accompagner chez lui, dans sa chambre d'étudiant au cinquième étage d'un immeuble de la via San Lorenzo, je ne vis aucune objection à le suivre.

Nous dûmes échapper à la vigilance de la concierge de l'immeuble. Tandis qu'il s'occupa avec diplomatie de la distraire, je passai en catimini et grimpai en retenant mon souffle les cinq étages qui menaient à sa modeste chambre. À vrai dire, c'est le cœur dans les talons que je parvins la main tremblante à introduire la clef dans la serrure.

Ah la signora Maria, si elle avait su... elle nous aurait fustigés. Renato et elle venaient du même pays, Napoli. Elle avait un faible pour son jeune et illustre compatriote. Il en profita pour la manipuler pour le bien de la cause. Il lui apporta des petits chocolats qu'elle adorait.

Heureusement pour nous, elle s'absenta durant une grande partie du mois d'août pour voyager dans sa campagne napolitaine. Elle nous rendit sans le savoir, un précieux service. C'est ainsi qu'avec la complicité de la signora Maria, nous connûmes dans cette chambre minuscule située au cinquième étage d'un immeuble vétuste, les moments les plus exquis de notre vie amoureuse, qui fut si courte, mais si intense.

À chacun de mes séjours à Rome, je retourne tel un pèlerinage observer de la rue ce lieu mythique, où je connus le meilleur de ma vie de femme.

La première fois que je me rendis dans sa chambre, le mystère entourait mon arrivée. Je me retrouvai dans la situation d'un alpiniste parvenu au sommet d'une haute montagne, essoufflé, mais heureux nonobstant inquiet à l'idée de devoir redescendre.

Cependant le désir était plus fort que l'angoisse. J'aspirais à cette complicité jusqu'au plus profond de mon être. Cette vision nouvelle d'appréhender la vie par les sens plutôt que par la pensée suscitait ma curiosité, et me donnait un enthousiasme particulier.

Je ressentais cet amour ailleurs que dans ma tête ou dans les battements de mon cœur, et l'envie qu'il me fasse vibrer à travers chaque pore de ma peau. Un nouveau besoin aussi fort que celui de respirer s'était emparé de moi. Cette sensorialité doublée d'une sensualité m'absorbait tout entière.

Les paroles, les interdictions mille fois répétées par ma mère résonnaient dans ma tête. Les commentaires des femmes que j'avais surprises dans mon enfance en train de bavarder n'exprimaient que dégoût et récriminations à l'égard des hommes. Selon elles, les femmes n'étaient que des proies dociles entre les mains de ces rapaces répugnants et brutaux. Sans compter le spectre de la grossesse qui pendait comme une épée de Damoclès au-dessus de leurs têtes.

Pourtant, je me retrouvai là, plus femme que jamais dans les bras de quelqu'un qui me fascinait, qui me procurait une joie mitigée à vivre cet odieux paradoxe entre le plaisir et la peur, la jouissance et le dégoût. Il fallait que je tranche.

Quant à lui, il maîtrisa jusqu'au bout son désir de me posséder. Il fit preuve de sagesse en attendant que le flot incessant des pensées cessât d'envahir mon esprit désœuvré, au point de rester figée comme une statue de marbre. Il eut la patience d'apprivoiser l'animal peureux qui sommeillait en moi. Mes yeux devenus confiants lui donnèrent le signal.

Face à l'incontestable, pourquoi résister ? Je n'avais plus qu'à me laisser porter par ce flux chaud et doux qui se diffusait partout dans mon corps. J'expérimentai à travers tous mes sens l'amour, rien que de l'amour.

Le moment venu, son corps me pénétra telle une évidence prévue depuis toujours. Je franchis le pont pour atteindre l'autre rive, côté soleil où il m'attendait. Dans ces noces flamboyantes, je quittai l'ombre pour atteindre la lumière.

Malgré la barrière naturelle qui s'érigeait à l'entrée de cet espace inconnu, jusque-là inexploré, son corps m'épousa de plus en plus profondément avec la tendresse pour lubrifiant. Cette douleur dont on m'avait tant rebattu les oreilles, cette horreur que constituait la défloration, je ne la connus pas.

Son regard posé sur moi, ses grands yeux ne me quittaient pas un seul instant, il était attentif à la moindre réaction de ma part. Tandis que son bras m'entourait, ses doigts magiques caressaient ma peau hérissée par la chair de poule, afin d'éveiller de plus en plus de plaisir. Il me parlait d'une voix douce et tendre jusqu'à me procurer la volupté suprême.

Nos corps vibrèrent à l'unisson et nos âmes communièrent ce soir-là. Nous connûmes tous deux la transmutation de notre être. C'était écrit.

Il tint absolument à conserver le drap mouillé non pas comme une relique qu'on exhibe dans certaines régions, face à une foule indiscrète curieuse de s'assurer que la mariée était vierge. Il voulait juste le regarder, le toucher, s'en caresser le visage durant notre séparation dont il imaginait déjà qu'elle serait pour nous pénible à supporter.

Dans nos rapports quotidiens, nous développâmes une sorte d'érotisme plus proche de la joie extatique que de la pulsion brutale et primitive. Elle nous procurait un épanouissement énergétique plus qu'organique, en atteignant une sorte d'état intemporel où l'ego était transcendé.

Il découvrit en même temps que moi cette pratique tout à fait nouvelle. Cette sexualité intériorisée nous procurait une jouissance physique et mentale aux antipodes de l'exutoire habituel recherché dans l'acte. De ce fait, nous n'avions jamais la sensation d'être repus ou fatigués, au contraire le désir augmentait chaque jour.

Nous connûmes une expérience érotique exceptionnelle, authentique et inégalable, qui m'imprégna le reste de ma vie. Le rapprochement de nos deux êtres à ce niveau provoqua une ouverture de nos consciences.

J'appris plus tard l'importance d'une telle expérience. La planète étant encore plongée dans la bestialité, c'est de l'union de l'homme et de la femme, du mâle et de la femelle à un tel niveau, que naîtra la vraie source de spiritualité nécessaire à humaniser le monde.

XII

La discussion était animée ce soir-là au café Da Pietro. La proposition de Marisa d'inviter trois couples d'amis dans la villa de ses parents en Toscane en était le sujet.

Renato proposait la date du 27 août en vue de fêter mon anniversaire tandis que Salvatore suggérait la semaine précédente moins proche de la date des examens. Les autres n'émettaient aucune préférence particulière, néanmoins ils soutenaient visiblement le projet de fêter mon anniversaire.

Pour ne pas attirer l'attention de ses parents, Sergio s'abstiendrait de nous accompagner. Je recevrais de Marisa une invitation officielle qui ne laisserait en rien présumer que nous passerions ces cinq jours en couple. Je fus touchée une fois de plus de cette nouvelle attention de Sergio à mon égard, et l'en remerciai de tout cœur sachant combien il aurait aimé être des nôtres.

Le 25 août fut retenu comme date de départ de Rome. Il ne nous restait que treize jours pour nous préparer. Les garçons décidèrent de se déplacer en Vespa, alors que les filles prendraient le train jusqu'à la gare de Livourne, où nous devions nous rencontrer pour continuer le trajet ensemble.

Cette nuit-là fut agitée. Le projet de Marisa me parut audacieux. La seule idée de partager tous ensemble cette villa au bord de la mer me tourmentait, pour l'aventure qu'elle représentait. C'était surtout le fait de partager la chambre avec Renato qui m'inquiétait. Les interdictions grotesques des parents continuaient à me hanter.

Depuis que nous avions entrepris d'avoir des relations intimes, nous partagions tout dans une parfaite complicité. Qu'y avait-il de répréhensible à passer nos nuits ensemble ? Au contraire, quelle joie de nous réveiller le matin dans les bras l'un de l'autre.

Nous avions perdu la notion du temps tandis que les jours s'écoulaient inexorablement. Je me rendis compte une nouvelle fois, à quel point j'étais capable de m'imposer des limites. Soumise au jeu de forces antagonistes, j'érigeais les barreaux de ma propre prison.

Marisa et moi en avions discuté. Son avis contrastait avec le mien. J'avais beaucoup de peine à changer cet état d'esprit qui m'empêchait d'être libre, et de profiter de ce que la vie m'offrait de merveilleux.

Le soir, à la maison, Lucia ne manqua pas d'exprimer quelques inquiétudes à l'idée de me laisser partir seule. Sergio la rassura plusieurs fois, Marisa était une amie en qui il avait pleine confiance. Et puis, il était question aussi de me permettre de profiter au maximum de mon séjour. Cette courte visite de la Toscane ne pourrait qu'être bénéfique pour moi. N'était-ce pas l'une des plus belles régions d'Italie ?

À bout d'arguments, Sergio mit fin à son intervention en ma faveur, Lucia semblait être convaincue que cette expérience serait positive pour moi. Cela ne l'empêcha pas de ronchonner en pointant du doigt le fait, qu'elle se sentait responsable de ce qui pouvait m'arriver. Elle ne tenait pas à avoir des problèmes avec leur cousin de Belgique ni avec mes parents. Elle insista pour que Paolo et Sergio m'accompagnent à la gare des Termini.

À notre arrivée en gare de Livourne, Marisa, Ornella, Angela et moi, nous n'eûmes aucun mal à apercevoir Salvatore venu en éclaireur nous attendre sur le quai. Il sautillait sur place en agitant les bras afin d'attirer notre attention et permettre simultanément à Renato, Carlo et Vincenzo de nous localiser dans le compartiment.

Nous étions très contentes d'arriver, le voyage s'était bien déroulé malgré la promiscuité qui régnait dans le train. Nous eûmes à côtoyer un large éventail de la société italienne en villégiature. Du petit monsieur guindé au militaire en permission en passant par la mamma aux cinque bambini[37] braillards, sans oublier le paysan éméché et bavard qui fêtait son veuvage, et qui était accompagné de ses cages à poules et de ses lapins.

À Rome, nous avions eu droit aux recommandations d'usage de Paolo venu m'accompagner sur le quai de la gare. Sergio n'avait pu cacher son agacement face à ce qu'il considérait comme un comportement abusif de sa part, et gênant devant ses amies.

Dans le train, trois joyeux lurons échappés d'un séminaire de prêtres catholiques nous firent la cour en nous donnant la sérénade durant presque tout le trajet, jusqu'à ce qu'ils descendent à Grosseto.

Sans leur avouer que nos fiancés nous attendaient à Livourne, Marisa et Ornella dotées d'un humour caustique, firent semblant de marcher dans la combine et répondirent positivement à leur invitation de les rejoindre le lendemain. Comme convenu, ils se tiendraient vers midi à la gare de

---

[37] La mamma aux cinq enfants.

Livourne, après avoir faussé compagnie aux religieux qui les hébergeaient dans un couvent.

Le rire nous étouffait à l'évocation de cette blague que nous nous gardâmes bien de raconter sur le coup à nos compagnons respectifs. Il n'était pas certain du tout qu'ils eurent partagé notre sens de l'humour. Ce n'est que le soir de mon anniversaire qui fut bien arrosé de chianti que les langues se délièrent. Marisa dévoila le pot aux roses à nos amoureux.

Le fait que sur le trajet Rome-Livourne, nous étions parvenues à dévergonder trois futurs prêtres, prêts à renoncer à leur vocation pour nos beaux yeux, déclencha l'étonnement et l'hilarité générale.

Salvatore s'exclama : « Mamma mia, quatre rosses », vous dis-je, « nous nous sommes laissés ensorceler par quatre rosses qui n'hésitent pas à nous mettre des cornes, dès que nous avons le dos tourné. Et avec des curés, en plus » !

Ce crime nous fut pardonné. Renato regrettait que nous ne soyons pas allées jusqu'au bout de notre supercherie en nous rendant effectivement au rendez-vous à Livourne. Ils nous auraient suivies à distance et une fois le contact établi, ils se seraient lancés à la poursuite des séminaristes. Cette proposition me fit sursauter.

– Non, il valait mieux que cette histoire s'arrête là. Inutile de la pousser trop loin, la rencontre risquait peut-être de dégénérer en une bataille rangée qui comportait des risques pour les deux clans.

– Une précision, demanda Carlo, portaient-ils la soutane ?

– Non, pas encore, répondit Marisa. Ils commençaient leurs études ou bien ils ne la portaient pas pour voyager. C'eut été le comble alors. Imaginez la tête des autres passagers du train.

Le père de Marisa était diplomate. Ses parents possédaient une magnifique villa de quatre chambres dans un endroit paisible à l'entrée de la ville. Viareggio, capitale de la Versilia, célèbre pour son carnaval, était durant l'été le rendez-vous de la jetset italienne venue amarrer ses yachts dans le port.

Nous longeâmes de magnifiques plages de sable fin bordées de nombreuses villas de caractère aux jardins embaumés de fleurs, construites au début du siècle. Sur la route de Marina di Pietrasanta, nous traversâmes des collines de châtaigniers et des forêts à l'odeur de pins et de tilleuls.

Durant ces cinq jours, nous parcourûmes des centaines de kilomètres à travers la Toscane, terre où le passé se mêle au présent. Des paysages sublimes défilaient devant nos yeux fascinés. Ce décor verdoyant et paisible induisait une sensation intérieure de paix et d'harmonie, et invitait à la contemplation. Un sentiment de plénitude nous habitait.

Les collines couvertes de cyprès et de vignes alternaient avec les oliveraies qui fournissent les olives nécessaires à la fabrication d'une huile verte raffinée, « l'or vert de la Toscane ». Et c'est ici, de ces domaines encerclés par les vignes que sort le fameux chianti, un vin suave à la robe rouge vermeil, célèbre dans le monde entier.

Les balades en Vespa étaient entrecoupées de longues promenades dans les forêts, de visites de petits villages et des domaines agricoles où les dégustations des grands crus nous rendaient euphoriques. Les bavardages et les commentaires ne manquaient pas, chacun y allant de son brin d'humour et de fantaisie.

Dans la campagne, je fus subjuguée par le vieux Castello San Felice, un manoir du XVIIIe siècle situé près de Pistoia. Qu'importe l'endroit où nous nous attardions, la vue imprenable des sommets des collines nous procurait la sérénité et le calme.

Sur le plan artistique, Florence me laissa une impression inoubliable et fut certes l'excursion qui me marqua le plus.

Je découvrais chaque jour un peuple jovial, curieux et par-dessus tout, optimiste et bon vivant. Lors des promenades le soir dans les rues de Viareggio, les gens flânaient nonchalants en se dévisageant.

Cette caractéristique de l'Italie et des pays méditerranéens m'a toujours frappée. Les gens se touchent et se regardent avec intérêt. Quel contraste avec le regard vide des gens pressés de nos villes du nord, dont les yeux regardent sans voir. Pressés d'aller où ? Combien de fois ne me suis-je pas promenée dans les rues de Bruxelles ou d'ailleurs, avec cette désagréable sensation de ne pas exister ou de me sentir moins que rien, et davantage dans les beaux quartiers ?

C'est à travers les regards et les sourires complices des autres, de ceux que nous croisons que nous ressentons la sensation d'exister, d'être beaux ou intéressants. À défaut de cela, un regard peut être vide, fuyant, méprisant, inquisiteur et peut même tuer. Des yeux lanceurs de flammes qui pétrifient tout sur leur passage, ça existe aussi.

Si chacun dans la rue pensait à sa façon de regarder les autres, le monde sortirait de cette forme de repli autistique dans lequel il s'enferme, et qui l'empêche de communiquer avec spontanéité.

Les yeux, miroirs de l'âme expriment plus que toute autre partie du corps, les sentiments qui nous habitent. Ils sont les indicateurs de notre réelle capacité à donner, à nous donner aux autres avec chaleur et générosité.

Un jour, je tombai littéralement en extase devant un petit palais construit en pleine campagne toscane. Datant de deux ou trois siècles, il évoquait le style Renaissance et ressemblait à peu près à la fameuse Villa Cora de Florence. Renato qui ne me quittait pas un seul instant ne manqua pas de le remarquer. Il me murmura à l'oreille :

– Donne-moi cinq ou six ans et je te promets de t'en acheter un pareil, une dizaine de pièces nous suffisent. Il y en a des tas à vendre près de Florence, Sienne ou Pistoia. Nous le ferons restaurer à ton goût.

– C'est trop cher. Comment pourrions-nous acheter un tel palais ?

– Rien n'est trop beau pour toi, ma chérie. Et puis, je te vois bien en châtelaine entourée d'enfants… N'aie pas peur, deux ou trois à nous et ceux de nos amis, Signora Contessa[38] D'Alessio. Je n'ai pas l'intention de te faire une ribambelle de gosses, j'ai besoin que tu t'occupes de moi aussi.

Je ne répondis pas, je rêvais. Mon corps flottait dans l'espace. Mon esprit s'était projeté dans le futur jusqu'à ce point de rencontre hypothétique où le rêve avait fait place à la réalité. Vivre dans une pareille demeure était plus qu'un rêve, c'était le Nirvana. Je fermai les yeux, il m'embrassa.

La soirée de mon anniversaire fut mémorable. Marisa avait prévu de cuisiner avec ses amies à la maison, un succulent repas composé d'une salade de fenouil au goût d'anis que je dégustai pour la première fois. Je ne connaissais pas ce légume. De la viande de veau cuite en sauce, des spaghettis al dente et des aubergines frites. Salvatore avait ramené de chez le glacier, un énorme gâteau qu'ils coiffèrent de vingt bougies pour célébrer mes vingt ans.

Tous y compris les garçons avaient participé aux préparatifs de cette fête. Renato et Carlo, en fins connaisseurs, avaient sélectionné les vins, les meilleurs crus de chianti millésimés qu'ils avaient goûtés lors de nos visites de domaines.

---
[38] Madame la Comtesse.

De plus, ils se cotisèrent tous pour m'acheter une montre avec un bracelet de cuir noir dont le cadran doré comportait des chiffres romains. Une simple réflexion de Renato à propos de mes retards devant Marisa avait suffi à lui donner l'idée de ce cadeau, remarqué à la vitrine d'un bijoutier de Viareggio.

Renato préféra m'offrir seul un autre cadeau. Il s'était laissé porter par le choix d'une double chaîne en or et d'un médaillon en forme de cœur, où étaient gravées les initiales YR. Il y ajouta un tube de rouge à lèvres de couleur rouge pourpre bien assorti à mon teint hâlé, et aux vêtements de couleurs vives que je portais l'été.

– Rosso bacio[39], me dit-il en me l'offrant. Porte-le souvent, je me ferai un plaisir de te l'enlever chaque fois en t'embrassant. Buon compleanno, dolce Yvonne. Auguri[40].

Comme en chaque circonstance particulière, bonne ou mauvaise, je ne savais jamais quelle était l'attitude la plus appropriée à adopter. Pourtant la plus simple était la bonne.

---

[39] Rouge baiser.
[40] Heureux Anniversaire, ma douce Yvonne. Félicitations.

Que le geste de générosité provienne de Sergio qui s'était abstenu de nous accompagner pour ne pas me trahir, ou de ses parents qui avaient regretté mon départ qui nous mettait dans l'impossibilité de fêter ensemble mon anniversaire, ou de mes amis ou de Renato, j'ignorais comment gérer la joie immense d'être l'objet de tant de sollicitudes.

Ma gêne ne passa pas inaperçue. Marisa, au nom de tous les amis présents, prit la parole pour me témoigner leur affection et le plaisir qu'ils éprouvaient de m'avoir rencontrée, et de me fréquenter. Elle avoua également que l'intensité de l'amour que nous partagions Renato et moi en si peu de temps, les avait surpris. Notre bonheur rayonnait sur notre entourage qui ne pouvait que se réjouir de recevoir des ondes aussi positives. Alors, une montre aussi belle soit-elle, n'était qu'un bien maigre cadeau, comparé à ce que je leur transmettais chaque jour. Je ne pus que savourer ces paroles affectueuses, et me convaincre, moi qui doutais tant de moi, de ma capacité à rendre mes amis heureux en ma compagnie.

La soirée se termina par un bain nocturne dans les eaux tièdes de la plage de Viareggio.

Cinq jours et quatre nuits passèrent vite, trop vite. Il nous fallut retourner à Rome. Dans le train, chacune de nous resta silencieuse et pensive. Nul doute que cette expérience de vie de couple, la première pour nous, excepté pour Marisa et Salvatore, avait dû laisser des traces. Aucune fausse note n'était venue troubler la cohésion du groupe, preuve d'une harmonie incomparable tout à l'honneur de Marisa qui avait judicieusement choisi ses hôtes.

Ce séjour constitua une mise à l'épreuve réussie puisqu'ils décidèrent tous d'officialiser leurs fiançailles et de se marier ensemble. Chaque couple avait eu la possibilité de s'isoler quand il le désirait, et de rejoindre les autres à tout moment. Nous avions joui d'une grande autonomie dans le groupe.

Comme par hasard, le monde autour de moi me parut nostalgique, voire nerveux et agressif. N'était-ce là que le reflet de mes propres projections ? Des discussions surgirent entre les passagers pour des peccadilles de bagages mal rangés, de femmes debout et d'hommes assis, d'enfants bruyants et d'animaux encombrants.

La gare de Rome que je commençais à connaître m'apparut à bien des égards, différente des autres fois. La cohue m'étouffa et le tohu-bohu m'échauffa les oreilles. Je ne pus m'empêcher de pleurer au moment de quitter Marisa, Ornella et Angela.

– A domani, ciao.[41]

– Ciao, cara, ciao[42], soupirèrent-elles en m'embrassant, avant de s'éloigner d'un pas nonchalant presque somnambulique.

J'aperçus sur le quai la silhouette de Sergio venu nous accueillir. En passant à côté de lui, elles saluèrent à peine le pauvre Sergio qui s'interrogeait sur le motif de cette grande tristesse. Subtil, il ne me demanda rien, il attendait que j'entame la conversation la première. Il comprit mon désarroi et pensa au jour du grand départ pour la Belgique. Il s'agissait ici d'une sorte de répétition de ce qui allait se passer très bientôt.

---

[41] À demain, au revoir.
[42] Au revoir, ma chère, au revoir.

XIII

À partir de là, les jours semblaient filer à toute allure. Renato et ses amis se préparaient pour les épreuves finales. Je me retrouvais un peu plus souvent seule.

Il eut la chance d'être convoqué aux deux examens dès le début de la session au mois de septembre ; il les réussit sans problème. Ce qui lui permit de terminer brillamment ses études de docteur en droit et de passer à l'étape suivante, signer son contrat à Bologne et commencer à se lancer dans sa nouvelle profession.

Le jour où il se présenta à l'examen qu'il redoutait le plus, son angoisse était tellement forte qu'il avait souffert de crampes d'estomac toute la matinée. Je ressentis exactement les mêmes symptômes, jusqu'à ce qu'un nœud se dénoua au niveau du plexus et me libéra subitement. Une sensation d'euphorie m'envahit. D'abord perplexe, je devinais ensuite que l'examen venait de se terminer et qu'il ne s'était pas trop mal passé.

Une demi-heure plus tard, on sonna à la porte. J'étais seule à la maison. Je descendis pour ouvrir, j'étais certaine que c'était lui. Je me précipitai dans ses bras, non sans avoir eu le temps de remarquer son visage souriant. Il me cria : « Amore, ho preso diciassette in diritto pubblico. Mi ha dato diciassette. Tra due settimane, mi chiamarà, Dottore Renato D'Alessio[43] ».

D'un pas rapide, il me transporta jusqu'à ma chambre en grimpant les marches de l'escalier à toute vitesse. Il me déposa sur le lit. Sans réfléchir un seul instant, nous nous retrouvâmes enlacés. Dans un baiser langoureux, ses lèvres délicates trituraient les miennes avec douceur. Sa bouche dessinée pour la mienne, nos lèvres s'épousaient parfaitement. Ses mains longues et fines étaient aussi douces que de la soie. Elles entreprirent de me déshabiller petit à petit. Elles parcouraient délicatement mon corps, tandis qu'un profond désir montait en moi provoquant un embrasement diffus.

Une fois de plus, l'ici et maintenant avait valeur d'éternité. Nous fîmes l'amour dans ma chambre en oubliant les risques que nous courions, au cas où Paolo ou Lucia serait rentré plus tôt que prévu. Nous étions emportés l'un et l'autre dans un espace devenu commun partageant des sensations

---

[43] Mon amour, j'ai reçu dix-sept en droit public. Il m'a donné dix-sept. Dans deux semaines, on m'appellera Docteur Renato D'Alessio.

inédites, différentes à chaque fois et de plus en plus puissantes, où le plaisir faisait vibrer tout mon corps comme un léger tremblement de terre. Nous restâmes enlacés tout l'après-midi. Il était étonné de ses performances, « à se demander où cela allait s'arrêter… », fit-il remarquer d'un air coquin.

Je n'osais imaginer ce qui se serait passé, dans le cas où les propriétaires de la maison nous auraient découverts ensemble, là enlacés dans le lit de Franco. Notre attitude les aurait certainement choqués. À cette époque dans ce milieu, on ne badinait pas avec les tabous principalement ceux du sexe. La morale était très stricte. Ils m'auraient renvoyée sur-le-champ, tête baissée en Belgique.

Fort heureusement, Cupidon, le dieu de l'amour accompagne ceux qui s'aiment. Il nous protégea durant tout mon séjour ; les parents ne se rendirent jamais compte de rien, grâce également à la complicité indéfectible de Sergio qui n'eut de cesse de couvrir mes escapades.

Officiellement, c'était lui que j'accompagnais partout. Lorsqu'il étudiait à la bibliothèque, j'étais censée suivre des cours ou me promener avec quelques amies devenues nos complices. Il était obligé de m'attendre chaque soir. Nous bénéficiions de la permission de vingt-deux heures et les week-ends, de minuit.

Il lui arrivait parfois d'essuyer sans broncher les reproches de ses parents, lorsque Renato et moi avions tardé un peu trop.

Je montais sur la Vespa de Sergio qui patientait au café et nous regagnions la maison en un coup de vent. Nous marchions sur la pointe des pieds pour éviter de réveiller Paolo et Lucia qui avaient l'habitude de se coucher tôt, vers vingt-deux heures. Chaque soir, Lucia avait cuisiné pour nous un succulent repas qui nous attendait dans le four de la cuisinière.

Ils ignorèrent jusqu'au bout l'existence de ma relation avec Renato. Ils ne l'apprirent que bien plus tard, ils furent d'autant plus désolés pour moi de l'épilogue qu'elle connut.

Afin de ne pas déranger les amis moins chanceux que lui toujours occupés à étudier, nous décidâmes sans attendre de fêter sa réussite en tête à tête.

Il nourrissait depuis quelque temps le projet fou, à mes yeux, de m'emmener durant trois jours dans sa région natale de Naples, une sorte de pèlerinage dans de hauts lieux romantiques comme Capri, Sorrente et Amalfi.

Bien que ses parents possédassent un domaine dans les environs de Caserta, le moment n'était pas propice pour que nous allions les visiter. Il devait d'abord faire la paix avec eux. Les blessures étaient si fraîches et les plaies restées béantes, qu'il n'était pas encore disposé à avancer sur ce terrain.

Alors que les êtres s'attendent à vivre en parfaite harmonie en famille, les rapports qu'ils entretiennent avec leurs proches sont souvent passionnels, oscillant entre l'amour et la haine. Les séquelles qu'ils laissent sont parfois profondes et indélébiles. Pour quelle raison ? Nul ne le sait. Cela fait partie des grands mystères de la vie, que ceux qui sont chargés de veiller sur notre bien-être finissent parfois par nous détruire.

Tel était le cas, semble-t-il, des parents de Renato qui, en s'opposant à sa véritable vocation, à ses plus hautes aspirations, lui enlevaient sa motivation et son goût de vivre. Ils provoquaient une révolte ouverte de leur fils, nécessaire à sa survie ou tout au moins à sa santé mentale.

Le seul moyen d'y parvenir avait été de fuir loin d'eux puisque toute discussion constructive était devenue impossible. Renato s'était heurté au mur de mépris qui s'était élevé face au comportement « d'un fils ingrat et irrespectueux » qui osait trahir les valeurs et les idéaux sur lesquels, se structurait depuis des siècles cette illustre dynastie.

Pour atteindre notre but, je bénéficiai de la complicité d'une cousine de Renato du nom de Rita, à qui il avait demandé de téléphoner chez les Giordano pour m'inviter à visiter Sorrente et les environs, tout en bénéficiant de son hospitalité.

Le tour fut joué, Paolo et Lucia qui ne demandaient qu'à me faire plaisir, acceptèrent de nouveau, non sans rechigner quelque peu.

Paolo en conclut : « Finalement, nous aurons eu peu d'occasions de nous retrouver tous ensemble, tu t'es si vite intégrée que tes amis t'ont accaparée bien des fois ».

Je compris leur réaction. J'avoue que nous n'avions pas eu souvent l'opportunité d'être ensemble, excepté un soir où nous nous installâmes tous les quatre à une terrasse de la Piazza Navona pour siroter un amaretto. Ils auraient aimé que je passe le dernier week-end avec eux. Paolo ne se serait pas rendu au restaurant du Trastevere où il travaillait le dimanche. Je feignis de ne pouvoir refuser l'invitation des Napolitains, tout en étant quelque peu confuse de mon indélicatesse à leur égard. La tension retomba lorsque je leur promis de revenir l'année prochaine.

Sergio m'accompagna à la gare, Renato nous attendait dans le hall. Nous prîmes un train de nuit pour gagner un jour de visite, et profiter d'un peu plus de temps sur place.

Complètement libéré de ses soucis d'examens, ce week-end d'évasion en amoureux sur sa terre natale me permit de mieux connaître le Renato que je fréquentais depuis presque deux mois. Ce garçon en qui j'avais placé toute ma confiance me plaisait de plus en plus, au point d'accepter de partager ma vie avec lui.

Il s'efforçait d'être tout à la fois lui-même - il reprit son accent napolitain - en même temps, il ne cessait de m'exprimer son amour, sa tendresse et sa générosité à travers chacun de ses gestes ou de ses paroles.

Contrairement aux reproches formulés à l'encontre des gens du sud, il était méthodique. Il faisait preuve de rigueur et de minutie dans l'organisation de ses projets, caractère attribué de manière arbitraire aux gens du nord de l'Italie.

Ainsi, après avoir éliminé ses préoccupations une par une, il ne lui restait qu'à partir pour Bologne afin de signer son contrat chez les avocats Negroni & Palazzo, et à chercher un appartement là-bas. Tout allait pour le mieux.

Pourtant, ses yeux devenaient de plus en plus tristes en me regardant, et ses bras plus serrés en m'embrassant, comme s'il appréhendait d'affronter la partie la plus difficile : notre séparation prochaine.

Il jouissait d'une faculté d'intuition remarquable. Au cours d'une promenade sur l'île de Capri, il me posa la question suivante : « Que ferais-tu si tu te retrouvais veuve ? ».

– Quelle question incongrue ! Je suis abasourdie d'entendre une telle absurdité ! D'abord, nous ne sommes pas encore mariés que tu parles déjà de veuvage. Ensuite, toi qui me recommandes toujours de vivre l'instant présent sans projection ni dans le passé ni dans le futur, cette fois, c'est raté !

Pourquoi me poses-tu cette question qui m'attriste ? Pourquoi devrais-tu mourir alors que tu es jeune, et que nous avons élaboré des projets pour vivre ensemble ? Tu as terminé tes études, nous nous aimons. Serais-tu malade et tu me l'aurais caché ?

– Non, pas du tout. Que je sache, je suis en pleine forme. Mais pour moi, partir, c'est un peu mourir. Pardonne-moi, sur ma terre natale, je redeviens mélancolique. Je retrouve mes anciens repères que j'avais perdus dans mon exil à

Rome. Cela n'enlève rien à la grandeur d'une personne, que de reconnaître ses faiblesses. Je n'ai jamais cherché à jouer les héros.

Je pense que tu vas me quitter bientôt. Je ressens une angoisse profonde alors que tu es encore là. Je ne sais pas comment je vais être capable de supporter cette séparation. Durant ces deux mois, je n'ai vécu que par toi, j'ai puisé ma force en toi.

– C'est bizarre, j'ai éprouvé les mêmes sensations. C'est normal que je m'appuie sur toi, tu es plus fort que moi.

– C'est ce que tu crois. Nous, les hommes, donnons l'impression d'être les plus forts. En réalité, vous, les femmes, vous êtes plus achevées, plus stables que nous. Nous avons un immense besoin de vous pour réaliser nos projets. En un mot, pour vivre.

– Il est possible que ce que tu dis soit vrai, mais la plupart d'entre nous l'ignorent. C'est une question d'éducation. Ne gâchons pas nos derniers jours ensemble, veux-tu ? Ne parle plus de la mort. Nous avons toute une vie devant nous pour nous préparer à ce moment fatidique. Raison de plus pour en profiter au maximum.

– C'est ce que tu crois aussi. Tu penses qu'on meurt toujours vieux. Nous mourons symboliquement des centaines de fois durant notre vie, et nous renaissons des centaines de fois également. Quand quelque chose se termine, on se surprend à mourir à cette chose-là pour renaître à une autre. En réalité, rien ne meurt, tout se transforme et on le vit à chaque fois comme une mort.

– Bien, alors transformons-nous. Ne me suis-je pas suffisamment transformée depuis que je t'ai rencontré ? Je suis arrivée gamine, je repars femme grâce à toi. Je suis célibataire, l'année prochaine, je serai mariée. J'étais coincée, je deviens plus ouverte, plus libre dans ma tête, dans mon corps. Quoi d'autre ? Regarde le beau ciel bleu et ne perds pas l'espoir. Tout se passera bien.

– Embrasse-moi, prends-moi dans tes bras, me dit-il, pour la première fois.

Depuis ce jour, il ne parla plus de ses angoisses présentes dans ses rêves la nuit. Il était silencieux, il souriait comme pour me faire plaisir, mais son sourire n'était plus le même. Son regard se vidait de sa substance indiquant par-là, une forme de repli sur soi destiné à se protéger des mauvais coups du sort. Par symbiose, je ressentais moi-même ce malaise qu'il m'était impossible d'apaiser. J'étais écartelée, écorchée à l'intérieur.

Nous rendîmes visite à sa cousine, Rita, qui avait téléphoné aux Giordano pour m'inviter à voyager dans la région de Naples. Elle possédait une ravissante maison de campagne à une vingtaine de kilomètres de Sorrente. J'eus l'occasion de découvrir Renato à nu dans son ambiance napolitaine. Avec sa famille, il parlait un dialecte à l'intonation emphatique, théâtrale qui m'était totalement incompréhensible. Il agitait les mains encore plus que d'habitude et il riait fort, d'un rire quelque peu forcé.

Réunis dans une salle avec les hommes, séparés des femmes, il s'arrangeait pour se placer dans un angle de la maison d'où il pouvait m'observer. Malgré l'insistance de sa cousine qui m'avait préparé un lit dans les appartements des femmes, nous n'y restâmes que quelques heures. Il trouva une excuse pour nous esquiver en douceur. Il ne voulait permettre à personne de nous voler nos derniers instants, ensemble.

Un soir, il me proposa de me faire l'amour sur la plage à l'abri des regards indiscrets. « Pour que je le garde en mémoire lors de mon passage; je venais souvent pêcher à cet endroit avant mon départ pour Rome. Que cette terre respire de toi. Que chaque coin soit marqué de tes empreintes, invisibles pour les autres, apparentes pour moi seul ».

Les vagues écumaient la plage dans l'indifférence générale. Les lumières des bateaux de pêche au loin éclairaient les flots. Je pensais au lyrisme des paysages de Toscane que nous avions connus. Quel contraste avec celui-ci. Nous projetions sur la mer notre désarroi, impossible à transcender en cet instant, malgré la force de notre relation pourtant symbiotique.

De rage il se mordit les lèvres jusqu'au sang. Son visage se convulsa, il se mit à sangloter. Tout son corps se tordit de douleur frappant de la tête et du poing le sol aride et desséché de la côte amalfitaine.

Je restai là immobile, impuissante à le consoler. Son chagrin était le mien. Les sanglots gonflaient ma poitrine et bloquaient ma respiration.

Sans se laisser terrasser par la tristesse, à ma grande surprise, il se releva et de sa belle voix de ténor, il entonna tout à coup son répertoire favori : « O sole mio », « Torna a Surriento », « La mia canzone al vento » et bien d'autres. Sa voix puissante retentissait dans la nuit avec une force prête à soulever les plus hautes montagnes.

Sa tristesse m'avait abattue. Je repris courage en le voyant extérioriser sa puissance en communiant avec la musique, ce langage universel capable de le transfigurer.

XIV

La soirée qui précéda le jour de mon départ fut exceptionnellement calme au café Da Pietro. La session d'examens n'était pas terminée, certains de nos amis passaient encore devant les examinateurs. En cette dernière année, l'enjeu était de taille puisqu'il leur fallait à tout prix décrocher leur diplôme. Ils avaient malgré tout tenu à me saluer avant mon voyage.

Après avoir passé tout l'après-midi dans sa chambre, Renato m'avait emmenée pour une dernière balade dans le quartier tranquille des Thermes de Caracalla. Personnellement je tenais à revoir la Fontaine de Trevi. Il parla peu. Branchés sur la même longueur d'onde, je ressentais son angoisse mêlée à une pointe de désespoir inexplicable. Plus rien pour lui n'avait d'importance, pas même faire l'amour.

Je parvenais à garder un certain optimisme grâce aux illusions suscitées par nos projets. Ce n'était qu'un au revoir et non pas un adieu. Pourquoi était-il devenu soudain si désespéré, voire morbide ? Nous étions ensemble pour la dernière fois et il ne parvenait pas à en profiter. Il me promit d'être présent à la gare le lendemain, et de m'accompagner avec Sergio et ses parents. Qu'importe si ceux-ci s'apercevaient de quelque chose ou pas.

– A natale[44], n'oublie pas, balbutia-t-il. Je viendrai te voir en Belgique. Tu m'attendras, n'est-ce pas ?

Je pris congé de nos amis de l'université en promettant de revenir bientôt. Je rentrai tôt ce soir-là pour dîner avec la famille Giordano. Lucia avait mis les petits plats dans les grands. Elle nous avait préparé une lasagne aux épinards digne des restaurants les plus renommés, et un coniglio all'arrabiatta[45], avec une sauce tomate légèrement pimentée. Elle avait dû se donner de la peine pour visiter quelques boucheries en vue de dénicher la pièce convoitée. À cette époque de disette et de chômage, il n'était pas toujours facile de faire les courses, et d'acheter les ingrédients nécessaires à préparer des mets peu ordinaires. L'éternel spaghetti à la sauce tomate relevée au basilic était bien souvent le menu unique et quotidien des pauvres.

---

[44] À Noël.
[45] Lapin à la sauce épicée.

Le jour du départ tant redouté était arrivé. Cette nuit-là avait été pour moi une nuit blanche. Je n'avais pu fermer l'œil un seul instant, j'avais passé en revue pêle-mêle les images de mon séjour en Italie dans les moindres détails. Repliée en forme de fœtus, j'avais serré contre moi comme un doudou, le tube de rouge à lèvres rouge pourpre ainsi que la chaîne et le médaillon que Renato m'avait offerts.

Nous nous retrouvâmes tous les quatre à la gare. Nous y rencontrâmes Renato qui déambulait dans le hall sans trop savoir où il allait. Il était supposé être venu s'informer des horaires du train de Bologne, et il avait eu l'idée de nous attendre pour me dire au revoir.

Il nous suivit jusque sur le quai de départ du train international en partance pour Bruxelles. Il bavardait avec Sergio dont le moral n'était pas au zénith. D'abord, parce que je partais et lui aussi ressentait le vide que je laisserais. Ensuite, il était persuadé d'avoir raté un examen sur les trois déjà représentés. Il était découragé parce que Paolo l'avait prévenu qu'il refuserait de payer une année supplémentaire en cas d'échec. Lucia me tenait le bras en pleurant.

– Reste avec nous si tu n'es pas contente de rentrer chez toi. Continue tes études en Italie, insistait-elle. Tu peux habiter chez nous, on s'arrangera bien.

– C'est ça. Et comment réagiront ses parents si elle ne rentre pas ? Tu crois qu'ils vont accepter une chose pareille de la part d'une gamine de vingt ans, grommelait Paolo. Tu es stupide de suggérer de telles bêtises.

– Ne t'inquiète pas, Lucia, d'ici quelques jours, je vais reprendre mes cours, j'aurai de nouveau du courage. J'ai l'intention de revenir l'année prochaine.

– À ta convenance, Yvonne. Écris-nous dès ton arrivée en Belgique. Et si tu le peux, passe-nous un petit coup de fil rapide, juste pour nous dire que tu es bien arrivée. Tu sais que le courrier est lent entre les deux pays.

Les derniers instants furent horribles surtout à cause de la comédie que nous jouions. Qu'est-ce qui m'empêcha de m'accrocher à son cou comme j'en avais envie ? Je me contentai d'une poignée de main et d'un baiser sur la joue. Son visage était livide, il donnait l'impression que plus une goutte de sang ne l'irriguait. Je fus prise de nausées, j'étais au bord de l'évanouissement, j'avais du mal à respirer. Un orage d'une violence inouïe éclata comme si le temps se faisait complice de notre désarroi, et une pluie torrentielle s'abattit soudain sur la ville de Rome.

Pour la première fois, Renato ne me regarda pas, il tourna carrément le dos comme absent de la scène. Peut-être croyait-il que je ne remarquerais pas les larmes qui coulaient sur son visage ?

Alors que j'étais à bord du train, tandis que celui-ci quittait lentement le quai de la station des Termini, je ne pus m'empêcher dans un geste de désespoir, de sauter sur le quai. Sergio et Paolo épouvantés se précipitèrent sur moi, me prirent chacun par un bras pour m'aider à remonter dans la voiture. Tout m'était égal. À quoi bon retourner dans un pays qui ne signifiait plus rien pour moi, alors que je laissais ici à Rome, l'homme qui représentait toute ma raison de vivre ?

XV

Je reçus une lettre de Sergio datée du 1er octobre 1956.

« Ma Chère Yvonne,

Mes parents se joignent à moi pour te souhaiter une excellente année scolaire.

Nous te remercions de la lettre que tu nous as envoyée ainsi que de la jolie carte de la Grand-Place de Bruxelles qui l'accompagnait. Elle est vraiment magnifique avec ses maisons anciennes si richement décorées.

Nous sommes sincèrement désolés de l'accident survenu à ton grand-père lors de la catastrophe minière du Bois du Cazier qui se produisit le 8 août à Marcinelle[46], près de Charleroi.

Nous le félicitons pour son courage, nous sommes touchés qu'il ait été grièvement blessé en voulant sauver des vies humaines, notamment celles de nombreux Italiens,

---

[46] Cette catastrophe minière s'est réellement produite à Marcinelle près de Charleroi, le 8 août 1956.

prisonniers dans l'incendie de la mine provoqué par un coup de grisou. Nous lui souhaitons ainsi qu'à ses compagnons sauveteurs, un prompt rétablissement sans garder la moindre séquelle de ses blessures.

La photo du journal que tu nous as envoyée est terrifiante. Les flammes qui sortent de la mine sont impressionnantes; le nombre de morts a dû être considérable. Tu as raison de mentionner que ces mines sont trop dangereuses et qu'elles devraient être fermées, bien qu'elles constituent la seule ressource de cette région.

Je suis heureux que tu aies gardé le moral. Tu es bien rentrée, me dis-tu, et ta vie a repris son cours normal dans l'attente de la nouvelle année universitaire. J'espère que tu es satisfaite du séjour que tu as passé à Rome avec nous et que tes parents sont rassurés, à présent que tu as réintégré ton domicile.

Quant à nous, nous sommes un peu perdus sans toi, nous nous étions habitués à ta présence. Bien que mon frère Franco soit rentré du village, tu continues à nous manquer. Nous t'avons considérée comme un membre de notre famille à part entière, ne l'oublie jamais. Quoi qu'il arrive, sache que tu as un chez toi en Italie. Nous comptons sur ta présence parmi nous quand tu le désireras. Tu seras toujours la bienvenue.

Je suis satisfait d'avoir réussi mes examens et d'avoir obtenu mon diplôme de docteur en droit.

Mes parents aussi, cela leur permet de souffler un peu. La charge financière était devenue trop lourde pour eux. Dès que je trouve du travail, je vais les aider au financement des études de mon frère, afin que mon père puisse laisser tomber son boulot de serveur au restaurant du Trastevere.

Yvonne, tu me pardonneras si je ne te donne pas beaucoup de détails au sujet de l'accident qui est survenu à Renato, tu comprendras mon embarras. J'ignore par où commencer. Il faut pourtant que je te dise la vérité. C'est une tâche très difficile pour moi de t'annoncer cette triste nouvelle.

Pour les détails, je préfère te les expliquer de vive voix, du moins ce que j'en sais parce que l'enquête n'est pas terminée. Je voyagerai d'ici quelques mois en Belgique chez notre cousin pour te rencontrer. En attendant, je compte travailler au restaurant du Trastevere avec mon père pour gagner un peu d'argent, le temps de trouver un cabinet d'avocats qui accepte de m'engager.

Je ne veux pas que tu te fasses de la peine en attendant des nouvelles de Renato, il ne t'écrira plus. Non pas qu'il t'ait oubliée, mais il est décédé d'un accident de train le 15 septembre, cinq jours après ton départ.

Je n'en sais pas plus. Je l'ai appris moi-même en lisant les journaux et j'ai découvert un faire-part de décès épinglé au tableau de la faculté de droit où tout le monde est consterné. Par la suite, un policier est venu interroger ceux qui l'ont bien connu pour essayer de découvrir ce qu'il s'est passé.

Sa dépouille a été rapatriée dans sa ville natale. Je pars à l'instant pour Caserta avec Salvatore et Carlo pour assister à ses funérailles qui auront lieu demain. Il sera inhumé dans le caveau familial des comtes d'Alessio.

Renato se rendait à Bologne par le train de nuit. Aucun témoin direct n'a assisté à la scène, on a retrouvé son corps gisant à proximité de la voie ferrée. Ils disent qu'il n'a pas dû souffrir, il a été tué sur le coup. La porte de la voiture était ouverte lorsqu'un voyageur a tiré le signal d'alarme.

Ils ont pratiqué une autopsie, trois hypothèses sont retenues :

Le suicide. Ce qui me paraît peu plausible, connaissant Renato. Le crime d'un voleur surpris en flagrant délit. Difficile à croire, ils ont retrouvé sa valise intacte. L'accident.

Se serait-il appuyé par mégarde, contre la porte qui se serait ouverte, et il aurait fait une chute dans le vide ? L'autopsie a révélé un coup à la tête.

Quoi qu'il en soit, je suis bouleversé. Je ne parviens pas à réaliser que je viens de perdre mon meilleur ami. Je m'imagine que tu ne le seras pas moins à la lecture de cette lettre. Je suis conscient de ce qu'il représentait à tes yeux.

J'ai mal pour toi parce que tes rêves s'effacent d'un seul trait quoique rien ne soit perdu, un Amour comme celui-là ne mourra jamais. Il se métamorphosera à travers tout ce que tu réaliseras de beau, de grand dans ta vie. Du fond de ta détresse, sache offrir ta souffrance pour qu'elle ne soit pas inutile, qu'elle soit créatrice pour toi et pour les autres. Et je sais que tu es capable de beaucoup de choses.

Que la mort de Renato soit le substrat de ton engagement à perpétuer ses idées, ses valeurs universelles de beauté, d'humilité, de générosité, d'amour pour l'humanité. Enfin, que le temps fasse son œuvre et t'apporte l'apaisement.

Les dernières paroles qu'il m'a dites avant de partir pour Bologne, ont été pour toi : «Je suis très déprimé depuis son départ, mais tout ce que j'entreprends désormais, c'est pour elle. Rien n'est plus important à mes yeux. Je veux vivre avec elle, le plus tôt sera le mieux. Si elle pouvait terminer sa dernière année d'études à Bologne, j'en serais ravi ».

Yvonne, tu excuseras le peu d'imagination dont je fais preuve, je ne trouve pas les mots pour exprimer ma douleur. J'aurais aimé être à tes côtés pour t'annoncer cette nouvelle, plutôt que de te l'écrire dans une lettre de manière si abrupte. Sois patiente, j'arrive bientôt.

Je t'embrasse. Sois courageuse, ma grande. »

Sergio

Je passai tout à coup de l'infini de l'Amour à l'infini de la tristesse. Désormais Renato vivrait en moi pour l'éternité. Nos âmes unies, nous ne formerions plus qu'un seul corps.

FIN